KB071645

삶의 예술

아홉산 정원

삶의 예술 아홉산 정원

초판 1쇄 발행 2020년 4월 5일

지은이 김미희 · **사진** 장나무별 · **발행인** 권선복 · **편집** 유수정 · **디자인** 최새롬 · **전자책** 서보미 ·
마케팅 권보송 · **발행처** 도서출판 행복에너지 · **출판등록** 제315-2011-000035호
주소 (07679) 서울특별시 강서구 화곡로 232 · **전화** 0505-613-6133 · **팩스** 0303-0799-1560
홈페이지 www.happybook.or.kr · **이메일** ksbdata@daum.net

값 25,000원
ISBN 979-11-5602-793-5 03810

Copyright ⓒ 김미희, 장나무별 2020

* 이 책은 저작권법에 따라 보호받는 저작물이므로 무단전재와 무단복제를 금지하며, 이 책의 내용을
  전부 또는 일부를 이용하시려면 반드시 저작권자와 〈도서출판 행복에너지〉의 서면 동의를 받아야
  합니다.
* 잘못된 책은 구입하신 곳에서 바꾸어 드립니다.

도서출판 행복에너지는 독자 여러분의 아이디어와 원고 투고를 기다립니다. 책으로 만들기를 원
하는 콘텐츠가 있으신 분은 이메일이나 홈페이지를 통해 간단한 기획서와 기획의도, 연락처 등을
보내주십시오. 행복에너지의 문은 언제나 활짝 열려 있습니다.

삶의 예술

아홉산 정원

Living Art Ahopsan Garden

도서
출판 행복에너지

장화가 가지런하게 자리한 정원

prologue

'삶의 예술 아홉산 정원'을 열면서

우주는 영어로 '코스모스cosmos'라고 하며 질서와 조화가 있는 체계를 뜻하는 그리스어 'kosmos'가 어원이다. 전원생활을 하면서 사계절의 변화를 관찰해 보면 나름의 질서와 조화가 있으며 인간의 세상살이와 식물의 한살이도 우주 질서의 일부분이라는 생각이 든다.

씨앗이 싹을 틔우고 뿌리를 내리면 성장을 하게 된다. 꽃을 피우고 열매를 맺어 씨를 남기고 흙으로 돌아가는 과정과 우리의 인생살이가 닮아 있다. 헤겔은 이렇게 말했다. "지구가 태양에 예속된 작은 위성에 불과하기 때문에 천문학적으로는 우주의 중심이 될 수 없음이 사실이지만 의식을 갖고 생각하는 인간이 살고 있는 이 작은 지구는 역시 형이상학적으로는 우주의 중심이다."라고.

광활한 우주의 입장에서 보자면 인간 또한 식물과 같이 미미한 존재에 지나지 않는다. 하지만 미미한 존재라고 해서 인생마저 보잘것없다는 뜻은 아니다. 과연 어떤 삶이 멋지고 보람찬 인생인지 고민해야 한다. '멋진 인생'에 대한 정의는 사람마다 다를 것이다. 나 같은 경우는 '멋진 인생'을 '삶의 예술'이라고 바꿔 부르고 싶다.

이러한 멋진 인생의 의미를 정원을 통해서 찾고 있다. 우리가 즐겨 부르는 노래가 '3분간의 드라마'라고 한다면 꽃은 '10일간의 드라마'라고 할 수 있다. 꽃이 피고 지는 정원은 끝없이 지속되는 대하드라마의 장이라고 할 수 있을 것이다. 정원에서 식물과 함께하면 할수록 정신적으로 더욱 풍요로워진다. 식물이 성장하는 모습을 가만히 지켜본다면 사계절이 더욱 아름답고 감동적으로 다가온다. 눈을 통해 볼 수 있는 것들은 어디까지나 물리적인 풍경이다. 그것들은 누구나 볼 수 있는 풍경이다. 너도 보고, 나도 보는 가시적인 풍경. 그러나 눈을 감았을 때 보이는 풍경은 어떠한가. 그것은 오로지 나만 볼 수 있는 풍경이요, 누구에게도 쉽사리 들키지 않을 내면의 풍경일 것이다. 눈을 감으면 때로는 더 많은 것들이 보이기도 한다. 이같이 정원을 가꾸다 보니 보이지 않았던 새로운 것을 볼 수 있게 되었다. 그러다 보니 나날이 감동받는 삶의 연속이었다. 정원에 들어서면 나도 모르게 입가에 미소가 떠오르곤 했다.

하지만 자연을 벗 삼아 살아가는 일상이 마냥 편안하지만은 않다. 때론 힘들고 지칠 때도 있다. 그러나 자연에서 그냥 이렇게 늙어가는 것도 우주의 일부로 질서와 조화를 이루는 셈이다. 그렇게 생각하면 자연을 벗 삼는 일상이 아름답다고 생각된다. 정원을 가꾸며 느낀 사계절의 변화, 그리고 일상의 소박한 이야기를 그림을 그리듯 글로 표현해 보았다. 이 책에 실린 이야기들은 글보다는 그림에 가깝다. 그림 그리듯 풀어낸 글이라고도 할 수 있다. 독자 여러분도 이곳에 실린 글을 풀밭 그림을 보듯 읽어 보면 어떨까 하는 생각을 해 본다.

PART 2

여름 *summer*

PART 3

가을 *autumn*

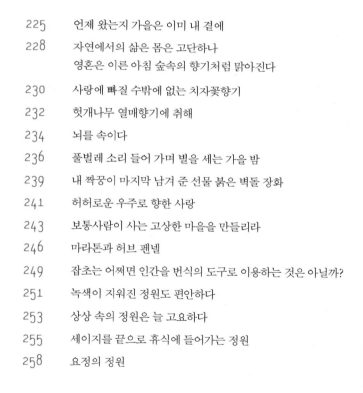

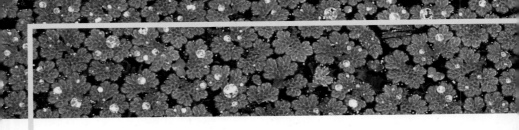

PART 4

겨울 그리고 또 봄 winter and spring

안개꽃밭에 놀러 온 꽃양귀비

PART 1

봄

spring

장화 속의 종지나물을 둘러싼 튤립

바구니 들고 봄을 캐러
밭으로 나가 본다

———

봄의 즐거움 중 하나가 봄나물을 수
확할 수 있다는 것이다. 봄소식은 역
시 달래와 냉이다. 절기로는 봄이 아
직 이르지만 양지 바른 곳에 가면 쉽
게 만날 수 있다. 옛날과 달리 요즘엔
마트에 가면 계절과 관계없이 각종
나물이 나온다. 그러나 온실에서 재
배한 것과 노지에서 자란 식물의 영
양은 몇 배 이상 차가 난다고 한다. 맛
과 향 또한 확연히 다르다. 달래는 된
장을 끓일 때 조금만 넣어도 맛이 배

가 된다. 냉이는 살짝 데쳐 나물로 무치거나 된장국을 끓여 먹으면 칼슘이 많은 식품이라 뼈 건강에도 좋다고 한다. 냉이는 겨자과로 다닥냉이, 싸리냉이, 말냉이, 좁쌀냉이, 미나리냉이, 고추냉이, 물냉이 등 다양한 종류가 있고 어린 순은 모두 먹을 수 있다. 고추냉이는 울릉도 산골짜기 습지에서 자라나 뿌리줄기가 발달하지 않아 주로 나물로 먹고 있다. 뿌리줄기는 향신료로 사용하며 여러해살이 풀로 흔히 말하는 와사비를 말한다. 이곳에도 물이 차고 맑아 몇 해 전에 한 뿌리 심어 보았으나 실패했다. 물냉이Watercress는 슈퍼푸드로 우유보다 칼슘이 많고 시금치보다 철분이 많으며 비타민 C도 풍부하다고 한다.

음식의 중요함을 강조한 '의학의 아버지' 히포크라테스가 처음 병원을 냇가 옆에 세웠다고 했다. 이유는 15종이나 되는 각종 필수 비타민과 무기질이 함유되어 있는 물냉이를 직접 기를 수 있었기 때문이라고 하니 놀랍다. 새로운 한 해를 건강하게 시작하라고 자연은 이렇게 우리에게 좋은 식재료를 제공해 주지만 많은 사람들이 무심히 지나치고 있다. 봄나물은 다양한 암과 심혈관질환 예방에도 좋다고 하니 바구니를 들고 밭으로 나가봐야겠다.

농사는 경건한
직업이다

아직 2월이지만 입춘도 지났고 음력설도 쇠었으니 절기상으로만 보면 이미 봄이다. 아직 피지 않은 매화꽃봉오리를 가지째로 꺾어 찻잔에 꽂아 책상 위에 올려 두었다. 아침에 일어나 보니 꽃잎은 활짝 열려 있고 향기는 온 방을 가득 채우고 있었다. 그래서 지난 밤 꿈에 꽃밭에 앉아 꽃향기에 취해 있었구나 하는 생각이 들었다. 꿈속에서 맡은 향기가 바로 책상 위에 꽂아 둔 매화꽃의 향기였기에 더욱더 강하게 느껴졌나 하는 생각에 혼자 슬며시 웃음 지어 보았다. 꽃을 가만히 들여다보니 수술이 참으로 많았다. 호기심에 꽃술을 세어 보았다. 50개가 넘었다.

이제 정원에서 불어오는 바람도 겨울바람과는 사뭇 다르다. 찬 기운 속에서도 포근함이 느껴진다. 혹독한 겨울이 있었기에 봄은 더욱 화사한 것이 아닐까? 무심하게 서 있던 수양매화도 어사화 같은 꽃을 피웠다. 겨울 동안 가만히 서 있었던 나무도 쉬기만 한 것이 아니라 부지런히 봄맞이 준비를 했기에 가능한 일이었을 것이다. 이처럼 정원은 나를 끊임없이 감동시킨다. 내팽겨 두어도 인간들처럼 섭섭하다며 토라지지도 않는다. 다가가기만 하면 언제나 날 보듬어 주고 행복하게 해 주는 최고의 친구이다. 삶에 지칠 때도 용기와 희망을 잃지 않도록 나를 위로해 준다. 이러한 정원이 곁에 있으니 내 마음은 언제나 든든하다. 이런 믿음직한 나의 후원자가 있으니 어떠한 고단한 일이 닥쳐도 끄떡하지 않고 버틸 수 있다. 뜨거운 여름날 하루 종일 정원에서 풀을 매는 것도, 바람 부는 겨울날 내 키의 5배가 넘는 높다란 나무에 올라 전지하는 것도 큰 문제가 되지 않는다. 이러하니 정원은 나의 삶의 일부가 되어 버렸다. 정원을 가꾸며 바람 소리와 물소리를 듣는 유유자적한 삶이 좋다.

누군가 나에게 세상에서 가장 경건한 직업을 하나 꼽으라고 한다면 난 망설이지 않고 농업이라고 말하고 싶다. 농부는 농사를 짓는다. 농사는 그 누구도 속일 필요가 없다. 콩 심은 데 콩이 나는 원리를 알고 실천하는 직업인 것이다. 그것만으로도 충분히 우주의 질서를 어지럽히지 않는 인간다운 삶을 살고 있다고 할 수 있을 것이다.

어사화 같은 수양도화 아래서

나의
왕관튤립

어릴 적 우리 집 창고 문에는 왕관을 쓴 공
주가 빼곡히 그려져 있었다. 그 왕관은 언

Living Art Ahopsan Garden

제나 꽃잎이 뾰족한 그리스의 크레타 섬의 고유종 툴리파 도
에르플레리의 튤립이었다. 그림책으로만 본 꽃이었지만 왠지

왕관으로 딱 맞는 것 같았다. 심심하면 연필로 왕관을 먼저 그리고 그 밑에 얼굴을 그려 놓곤 했었다. 어쩜 내가 꿈꾸는 미래를 그리지 않았을까 하는 생각을 해 본다. 그러나 난 지금 왕관이 아니라 사계절 내내 밀짚모자를 쓰고 식물을 가꾸며 살아가고 있다. 이젠 밀짚모자 왕관을 쓰고 튤립 왕관을 가꾸고 살아가는 삶에 만족하고 있다. 지금은 생각만으로도 그때 연필이 함석에 닿을 때 사각사각하는 기분 좋은 질감이 고스란히 느껴진다.

튤립 계절이 왔다. 터키가 원산지인 튤립이 유럽에 들어가 처음부터 사랑을 받은 것은 아니다. 한 직물 더미에 딸려 온 구근을 한 상인이 양파인 줄 알고 요리를 해 먹었다고 한다. 그러나 맛이 없었던지 나머지는 정원에 던져 버렸다고 한다. 그중에 살아남은 구근이 한 원예가에게 발견돼 가꿔지면서 세계적인 꽃이 되었다. 어제 정원을 둘러보니 변함없이 올해도 추운 겨울을 이겨내고 고개를 내밀고 있었다. 봄비를 한 번만 더 맞으면 모든 싹이 돋아날 것 같다. 올해는 또 어떤 이야기를 들려줄지 마음이 설렌다.

지난 가을 단색뿐만 아니라 브레이킹(줄무늬)도 심었다. 아름다운 줄무늬는 모두 바이러스 탓이라고 한다. 이는 꽃잎에 특정색소를 만드는 단백질이 있는데 이 단백질을 코드화하는 유전자를 바이러스가 방해하기 때문에 생긴 것이라고 한다. 시간이 흐르면서 병이 걸린 개체는 죽지만 그 자손들은 형질을 이어받아 고정되었다고 한다. 이곳 정원에도 노란색 바탕에 빨간 줄무늬가 있는 비자르Bizarre와 하얀색 바탕에 빨간색 줄무늬가 있는 로즈Rose를 심었다. 세로줄이 난 것이 불꽃이 타오르는 것 같아 보이며 매우 화려하다니 기대가 된다. 올봄엔 내가 그토록 쓰고 싶어 했던 그 튤립왕관을 한번 만들어 써 볼 예정이다.

봄을 여는
노란 꽃들

오랜 가뭄과 추위 끝에 3월이 시작되었다. 3월임에도 새싹들이 세상 밖으로 나오지 못했다. 음력 2월이 되어서야 비가 내렸다. 비가 내리자 그제야 애기수선화가 고개를 숙인 채 꽃잎을 살짝 열었다. 봄의 시작은 노란 꽃으로부터 오는 것 같다. 복수초와 영춘화가 피고 생강나무도 꽃을 피워 메마른 공기에 향기를 날리고 있다. 그 향기에 화들짝 놀라 산수유도 나뭇가지에 노란 꽃을 피운다. 이어서 히어리가 피어 정원은 온통 노랗다. 노란 꽃들의 뒤를 이어 매화가 피고 흰 목련도 기다렸다는 듯 꽃잎을 열기 시작한다. 세상은 흰 꽃으로 화사해지며 사람들을 자연의 품 안으로 불러들이기 시작한다. 애기수선화 옆에 좁쌀로 지은 조밥을 뿌려 놓은 듯 작은 꽃들이 피어 '조밥나무'에서 조팝나무가 되었다는 조팝나무가 있다. 꽃보다 잎을 먼저 내밀며 초록 새순의 아름다움을 한껏 자랑하고 있다.

아스피린 하면 많은 사람이 버드나무를 떠올린다. 기원전 5C 무렵부터 히포크라테스는 임산부가 통증을 느낄 때 버들잎을 씹으라는 처방을 내렸다는 기록이 있다고 한다. 뿐만 아니라 조팝나무에도 통증을 가라앉히는 성분이 들어 있다고 한다. 강관권의 '나무사전'을 보면 아세틸살리실산의 'A'와 조팝나무 속명屬名 스피라이아Spiraea의 영어식 발음 스파이리어에서 'Spir'를 빌렸다고 한다. 그리고 'in'는 제약회사 제품 끝에 공통으로 사용하는 단어라는 것이다. 그렇게 해서 아스피린 Aspirin이라는 세계적 약품이 탄생되었다고 한다. 잎에 산酸이 있어 열을 내리고 통증을 가라앉히는 성분을 갖고 있는 조팝 나무를 창가에 두고 있으니 왠지 든든하다. 지금 봄비를 머금은 연둣빛 새순은 아름다움보다 생명력을 느끼게 하고 있다.

건물을 뒤에 감춘 황매

꽃밭에서

좀처럼 가족을 늘리지 못하는
노루귀바람꽃

사람과 동물은 살아가는 환경이 어려워지면 새로운 환경을 찾아 떠난다. 하지만 식물은 주어진 환경에 적응하며 살 수밖에 없다. 한번 터를 잡으면 죽을 때까지 그 자리를 지켜야만 한다. 그렇다 보니 번식을 위해선 제자리에서 씨앗을 퍼뜨리는 방법이 중요하다. 씨앗 퍼뜨리기 기술은 그런 이유에서 생겨난 것이다. 이는 후손에게 보다 나은 환경을 찾아 떠날 수 있도록 다양하게 진화되어 왔다. 그럼에도 이곳에선 다른 곳으로 떠날 생각이 통 없는 꽃이 돌담 곁에 피어 있다.

이른 봄 조그마한 흰 꽃을 피우는 노루귀바람꽃은 항상 그 자리를 지키며 피고 지기만 할 뿐이다. 홀로 핀 꽃이 어쩐지 외로워 보여 그냥 지나치지 않고 꽃과 마주 앉아 눈을 맞출 때가 많다. 귀라는 이름이 붙어 있으니 내 말을 알아들을 것 같아 이런저런 이야기를 붙여 본다. 입이 없으니 대답은 없고 바람에 흔들리며 그냥 듣고만 있을 뿐이다. 대체로 활엽수 밑에서 볼 수 있는데 나뭇잎들이 자라 햇볕을 차단하기 전에 햇살을 이용해 영양분을 부지런히 생산하여 뿌리에 저장해야 한다. 햇볕이 숲속의 어린 나뭇잎에게 닿을 확률은 2~3%밖에 안 된다. 그러니 큰 나뭇잎이 자라기 전 약 2개월 안에 번식까지 끝마쳐야 한다. 키 큰 나무의 넓은 잎사귀로 빛이 차단되면 밑에 있는 작은 식물들은 긴 휴식에 들어갈 수밖에 없다. 그런 이유인지 노루귀와 바람꽃은 좀처럼 가족 수를 늘리지 못하고 늘 외롭게 피어 있다.

십리 절반
오리나무

3월이 되니 울타리 부근에 오리나무가 꽃을 피웠다. 오리나무
는 아마 봄을 제일 먼저 알리는 나무일 것이다. 오리나무는 암
수한그루로 되어 있다. 잎보다 꽃이 먼저 피는 나무다. 자작나
무과로 자작나무 꽃과 같은 꽃을 피운다. 수꽃이삭은 4~7cm
길이로 가지 끝에서 2~5개 정도가 꼬리처럼 늘어진다. 암꽃이
삭은 붉은색을 띠며 타원형이다. 조금 큰 성냥머리처럼 생겼

다. 옛날 전래동요인 '십리절반 오리나무' 가사처럼 거리를 나
타내기 위해 길가에 오리나무를 5리마다 심었다고 한다. 오리
나무는 베어 내도 그루터기가 빨리 잘 자란다. 전후戰後 전국
이 민둥산일 때 산림과학자들이 사방공사용으로 우리 땅에 맞
고 빨리 자라는 수종으로 아까시나무, 리기다소나무, 족제비
싸리를 비롯해 오리나무를 선택해 심었다. 그때는 만만한 게
오리나무였다. 오리나무를 땔감으로 베어 지게로 지고 와 밥
을 해 먹던 시절이 있었다.

　전통혼례식 때 존안례尊雁禮를 위하여 신랑이 가지고 가는
나무기러기가 바로 주변에 지천으로 있는 오리나무로 만든 것
이다. 이는 암수 꽃이 서로 가까이 있고 겨울 끝자락이면 벌써
꽃을 피우는 부지런한 나무라 그렇게 살라는 뜻이라 한다. 뿐
만 아니라 오리나무로 나막신도 만들고 붉은 물감재료로도 사
용했다고 한다. 나무를 벤 자리엔 붉은 피 같은 수액이 흘러나
와 엉켜 있는 걸 옛날엔 산에 가면 흔히 볼 수 있었다. 그러나
요즘엔 이 나무를 알고 있는 젊은이들은 거의 없을 것 같아 아
쉽기만 하다. 아무도 관심을 가지지 않지만 바람에 날린 꽃가
루에 암꽃이삭은 수정되어 어른 엄지 한 마디쯤 되는 오리나
무 방울로 자란다.

매화나무에
물을 줘야 할 것 같은 이유

절기상 춘분인 오늘 전국적으로 눈이 내렸다. 3월 하순 기록으로는 대구에서 108년 만에 가장 많은 눈이 내렸다고 한다. 세상이 '미투me too'운동으로 어지러우니 우리들에게 깜짝 선물을 해 주기 위해 소리 없이 밤새 눈이 내린 것 같다. 눈은 천지를 하얗게 덮고 있다. 눈에 파묻힌 세상은 전과 다름없이 흑색이다. 곧 녹아 물기를 머금어 더욱 더 까매진 풍경이 드러날 것이다. 어제 미친 듯이 부는 바람에도 매화는 활짝 피어났다. 은은한 향기를 날리며 자태를 뽐내고 있더니 오늘은 눈에 젖어 축 처진 모습이 안쓰럽기 그지없다. 붉은 설중매는 이름에 걸맞게 하얀 눈을 뒤집어쓰고 빼꼼히 웃고 있는 것 같다.

매화는 삼국시대 초기에 중국으로부터 들어온 것으로 보았다. 고려후기부터 선비들의 작품에 등장했으며 조선시대에 와서는 문학의 소재가 되어 꽃을 피웠다. 퇴계는 매화 시 91수를 모아 '매화시첩'을 만들고 107수의 매화 시도 남겼다고 했다. 그런 걸 보면 그가 매화를 얼마나 좋아하고 아꼈는지 알 수 있다. 매화가 아름다움을 발할 때는 꽃이 피었을 때까지다. 꽃이 지고 나면 운치 있는 나무도 아닌 것 같다. 수형이 아름다

Living Art Ahopsan Garden

수양도화 아래서 영화의 주인공처럼

운 것도 아니고 그렇다고 잎이 감상할 만한 것도 아니며 더욱이 단풍도 없다. 거기에다가 가시까지 있다. 하지만 매화가 사랑을 받는 이유는 어쩌면 그가 가진 고결한 기품에 있는지도 모른다. 추위를 이겨 낸 그 강인함과 고매한 기품의 정신으로 꽃을 피워 내는 식물이다. 그것이 바로 매화가 사랑을 받는 이유일 것이다. 난 매화나무를 볼 때마다 퇴계 생각이 나서 나무 밑동에 물을 줘야 할 것만 같은 생각이 들곤 한다. 퇴계를 짝사랑한 관기 두향이 퇴계가 매화를 각별히 좋아한다는 사실을 알고서는 그에게 매화나무를 선물했다고 한다. 꽃이 희고 푸른빛이 도는 진귀한 매화나무였다. 퇴계는 1590년 12월 어느 겨울 아침, 70세 일기로 세상을 떠났다. 문인 이덕홍李德弘이 쓴 '퇴계선생고종기退溪先生考終記'에 기록된 바에 의하면 퇴계 이황은 세상을 뜨기 전에 방 안의 매화를 보며 이렇게 말했다고 한다. "저 매화나무에 물을 주라." 그것이 그의 유언이었다고 한다.

감성을
움직이는 꽃

───

소강절의 시에 '좋은 꽃은 절반쯤 피었을 때 본다好花看到半開時
(호화간도반개시)'라는 구절이 있다. 지금 뒤뜰에 핀 매화가 딱 그
렇다. 시간을 붙잡아 두고 싶어 사진을 찍고, 가슴에 담고, 그
림을 그려 봤다. 저 꽃이 흐드러지게 핀다면 추하게 떨어질
수밖에 없을 것이다. 그러나 저 꽃이 져야 열매를 맺으니 어
찌하겠는가. 식물은 처음 탄생해 5억 년 동안 꽃이 없는 상태
로 존재해 왔다고 한다. 그러다가 꽃을 피우고 씨를 만들어 내
게 되었다. 식물이 이렇게 극적인 진화를 하게 된 것도 씨앗에
서 기인한 것이리라. 처음 씨처럼 생긴 구조물의 원겉씨식물
progymnosperm이 약 3억 8,500만 년 전에 출현해 지금까지 진화
해 왔다는 것이다.

　꽃은 씨앗을 만들기 위한 도구에 불과했다. 인류가 본격적

앞에는 꽃양귀비 뒤에는 장미가 핀 벤치에서

으로 꽃에 매료되어 가꾸고 관상하기 시작한 것은 불과 200여 년 전부터였다고 한다. 그러나 그 전이라고 하여 누가 꽃을 보고 좋아하지 않았겠는가. 그 옛날 네안데르탈인의 장례식에도 꽃을 사용했다는 증거가 있었다고 한다. 국화류의 꽃과 무스카리 같은 것이 시신 위에 뿌려져 있었다고 하니 놀랍다. 꽃은 사람의 감성을 움직이는 마법을 갖고 태어난 존재다. 꽃을 보고 화를 내는 사람은 없을 테니 말이다.

막 꽃봉오리를
터뜨리는 꽃양귀비

어린이가 알 수 없는
어른의 맛

초피의 열매 껍질에는 2~4%의 정유精油가 함유되어 있고 매운
맛이 난다. 매운 맛이 나는 까닭은 산쇼올 성분이 함유되어 있
기 때문이다. 초피의 열매 껍질은 구충제로 활용되고 있으며
때로는 민간약으로 쓰이기도 한다. 위가 아플 때는 분말로 만
들어 복용할 수 있다. 식초를 넣어서 끓인 물로 입 안을 씻어내
면 치통 완화에도 도움이 된다. 잎의 즙을 내어 벌레 물린 자리
에 바르면 치료 효과가 있다. 가을에는 초피가 적갈색으로 익
는다. 익은 초피는 자연스레 반으로 벌어진다. 벌어진 틈새로
까만 씨가 보인다.

박상진의 『우리 나무의 세계』에서는 초피에 대해 다음과 같
이 설명하고 있다. '초피는 열매가 많이 달리는 식물이니, 중국
에서는 다산多産을 상징하며 왕비나 후궁 등 '왕의 여자'들이 거
처하는 방을 초피나무 방이란 뜻으로 초방椒房이라고 불렀다.
초피가루를 초방의 벽에 발라 향기로움으로 방 안의 불쾌함을

없앴다'고 쓰여 있다. 흔히 추어탕에 넣는 조미료로 쓰이는 산초가루는 산초나무 열매로 만든 것이 아니라 초피나무 열매로 만든 것이다. 두 나무는 구별하기 어려우나 초피는 늦은 봄에 꽃을 피우고 산초는 늦은 여름에 꽃을 피운다. 개화시기가 다르다.

이곳 울타리에도 모두가 부러워할 만큼 많은 열매를 달고 있는 초피나무가 있었다. 주위 사람들은 수확을 하면 나눠 먹자고 했다. 당연히 그러자고 약속했다. 어느 볕 좋은 날 가시에 찔려 가며 열매를 한 바가지 수확했다. 가을 햇살에 열매를 잘 말려 부지런히 씨와 껍질을 분리해 씨를 보관했다. 그런데 오호 이럴 수가! 껍질을 먹는다니. 오늘 초피나무에 제법 잎이 나와 있는 걸 보니 그때 일이 생각나 혼자 미소를 지었다. 이젠 김장 김치도 어지간하니 얼갈이배추에 초피 잎을 살짝 넣어 김치를 만들어 봐야겠다. 초피를 넣은 김치의 맛은 아이들은 알 수 없는 오묘한 어른의 맛이 아닐까 싶다.

남산제비꽃은
바람둥이래요

쉿, 방해하지 마세요

밭둑을 보니 보라색 제비꽃이 피어 있다. 제비꽃의 종류는 다양하다. 국가표준 식물록에 제비꽃의 종류만 60여 종이 올라와 있다고 한다. 하지만 막상 살펴보면 육안으로 쉬이 구별되지 않는다. 물론 개중에도 쉽게 구별이 가는 것이 있다. 알록제비꽃이 그렇다. 알록제비꽃은 잎이 넓은 달걀형이고, 잎맥에 따라 흰 무늬가 뚜렷하다. 남산제비꽃도 잎이 여러 갈래로 갈라져 있고 꽃이 흰 편이다.

제비꽃은 여러해살이풀로 씨앗이 익으면 잎이 3쪽으로 갈라지며 씨가 튕겨 나온다. 씨앗 외피에 '엘라이오솜'이라는 성분이 함유되어 있다. 개미가 좋아하는 성분이라고 한다. 그 씨를 물고 가 외피를 먹고 나면 씨앗은 그곳에서 싹을 틔울 수 있다. 덕분에 영역을 멀리까지 넓혀 가니 지천에 제비꽃이다. 특히 남산제비꽃은 자연교잡을 잘해 바람둥이로도 알려져 있다. 이에 비해 원예용 삼색제비꽃은 제비꽃과 달리 자가 수정을 하지 않는다고 한다. 삼색제비꽃은 꽃집에 가면 쉽게 만날 수 있다.

서양국가에서는 제비꽃의 꽃잎색이 각각 다른 이유는 '의붓자식'이기 때문이란다. 여기서 말하는 '의붓자식'이란 일종의 '혼종'을 뜻한다. 프랑스와 독일에서는 '의붓어머니'라 부르기도 한다. 그러나 의붓자식이 더 어울릴 것 같다는 생각이 들었다. 이봄 이곳 정원에도 의붓어머니를 구입해 현관 입구에 심어 볼 생각이다.

멋진
봄날 아침

영국 시인 로버트 브라우닝의 극시 '피파가 지나간다'의 앞부분에 실려 있는 구절, '봄의 노래(아침의 노래)'가 떠오르는 아침이다.

계절은 봄이고
하루 중 아침
아침 일곱 시
진주 같은 이슬 언덕 따라 맺히고
종달새는 창공을 난다
달팽이는 가시나무 위에
하느님은 하늘에
이 세상 모든 것이 평화롭다.

-로버트 브라우닝Robert Browning 1812-1889, '피파가 지나간다' 중에서

멋진 봄날

이 시는 공장에서 일하는 가난한 소녀 '피파'가 휴일 아침에 일어나 본 전경을 노래한 작품이다. 피파는 이 노래로 자신도 모르는 사이에 다른 사람의 영혼을 구했다. 그 누구도 구제 못한 영혼을 구제할 만큼 사람의 마음을 움직였던 것이다. 맑은 피파의 영혼이 보인다. 풀잎에 맺힌 이슬보다 영롱하다. 그리고 사랑스럽다. 읽을수록 평화롭다. 시를 읽다 보면 자신도 모르는 사이 어느새 느릿느릿 움직이는 달팽이가 되었다가 때론 창공을 나는 종달새가 되는 상상에 빠질 것이다.

멋진 봄날 아침 '봄의 노래'를 먼저 눈으로 읽어 본다. 이 찰나를 놓치지 않으려고 바깥 풍광을 감상하다가 다시 마음으로 되새기며 읽어 본다. 그리고 소리 내어 읽고, 또 읽어 본다. 봄은 남의 마음을 붙잡아 놓는다. 맑은 공기는 정신까지 씻어 내어 주는 것 같다. 마치 동화 속에 들어가 아름다운 봄날 아침을 맞은 것 같다. 오늘따라 새소리도 맑다. 연못가의 물 떨어지는 소리도 청아하며 평화롭기만 하다.

봄비 맞는 땅속 씨앗의
기분을 그려 보리라

───────

어제 밭 한 뙈기를 만들어 퇴비를 넣었다. 그곳에 작년에 받아 둔 안개꽃 씨를 뿌렸다. 흰 안개꽃 사이에 딱 한 포기의 붉은 꽃이 있어 꽃의 씨를 받아 두었다. 한 톨의 씨앗에서 시작해 20개 정도의 씨앗을 만들어 내었다. 오늘은 손바닥만 한 화단을 만들어 그 씨를 뿌렸다. 내년에는 더 많은 붉은 꽃을 볼 수 있을 것이다. 오후부터 봄비가 소리 없이 보슬보슬 내리기 시작했다. 화단을 더 만들려는 계획은 다음날로 미루게 되었다. 며칠 전 오래된 나무 벤치에 녹색 페인트칠을 했다. 벤치 앞을 지날 때마다 편히 앉아 쉬고 싶은 생각은 자주 하곤 했다. 하지만 너무 낡아서인지 선뜻 내키지 않던 벤치였는데, 놀라운 변신을 했다. 이제는 누구라도 앉아 보지 않고서는 그냥 지나칠 수 없을 것처럼 보였다. 페인트와 붓 하나로 이렇게 감동을 받기도 하는구나 싶었다.

　모처럼 내리는 봄비로 정원 일을 할 수 없어서 그림을 그려 보기로 했다가 문득 이런 생각이 들었다. 인류의 사촌인 네안데르탈인은 동굴벽화를 그리지 않았다. 그것을 보고 미국 UC 데이비스의 심리학자 리처드 코스 교수는 약 3만 년 전 멸종

한 네안데르탈인이 그림을 그릴 수 없었기 때문에 멸종했다는 재미있는 주장을 했었다. 현 인류 호모사피엔스의 뇌 용량은 1400CC다. 네안데르탈인의 뇌 용량은 이보다 큰 1600CC였다. 그럼에도 살아남지 못했다. 우린 흔히 뇌 용량이 크면 두뇌가 좋다고 생각한다. 이로 미루어 볼 때, 뇌 용량과 생존율은 어떤 상관관계도 없는 것일까. 연구 결과, 실제로 그렇다고 한다. 뇌의 우수한 정도를 판가름하는 요인은 뇌의 크기가 아닌 뇌세포 연결망의 상태라고 한다. 뇌 용량과 무관하게 호모사피엔스만이 동굴벽화를 그릴 수 있었던 것은 뇌의 모양이 다르기 때문이라는 연구결과도 나왔다.

나의 뇌 용량은 얼마나 될까. 알 수 없다. 아무려면 어떨까. 그림은 언제나 내 마음대로 그릴 수 있으니 좋을 뿐이다. 그림을 그릴 때만큼은 옆에서 남편도 훈수 두지 못한다. 어제 뿌린 씨앗이 봄비를 맞고 땅속에서 좋아할 모습을 그려 볼 생각이다. 그것도 내 마음대로 말이다.

날 잊지 마세요 물망초

햇살 좋은
봄날

———

밭둑엔 봄맞이꽃들이 지천으로 널려 있었다. 가는 줄기 끝에
여러 갈래로 뻗은 하얀 꽃들이었다. 이에 질세라 곁에 있던 꽃
다지도 한창 열을 올리고 있었다. 꽃대를 올려 샛노란 꽃을 피
우며 한껏 뽐을 내고 있었다. 두 종류의 꽃들 모두 봄나물로

———
나비와 노린재의 봄나들이

먹을 수 있는 식용식물이다. 곳곳에선 민들레도 꽃봉오리를 터트리려 애쓰고 있었다.

햇살 좋은 봄날이다. 나비도 날아들고 있다. 봄을 맞이해 첫 나비를 볼 때면 항상 조심스럽다. 어릴 때 친구들로부터 들은 이야기가 너무 충격적이라 봄만 되면 나름 긴장을 하게 된다. 그해 처음 보는 나비가 흰나비면 주변의 사람이 그해 죽어 흰 상복을 입는다는 것이었다. 그래서 가능하면 흰나비가 아닌 노랑나비를 보려고 했다. 이웃나라 일본에서는 노인들이 나비 꿈을 꾸면 저승사자를 보는 것이라 싫어한다고 한다. 그러나 중국에서 나비는 장수를 의미한다. 나비 '접蝶'자의 중국음은 '띠에die'인데 여든 살 늙은이 '질耋'자의 발음과 같아 그렇게 본다고 한다. 지역과 정서에 따라 여러 가지로 해석이 가능하나 처음 흰나비를 보게 되면 실눈을 뜨고 못 본 걸로 친다. 그렇게 해서 몇 년간 내 주위 사람들이 죽지 않는 걸 보면 그것도 효과가 있는 모양이다. 지금도 흰나비를 마주치면 그렇게 실눈을 뜨고 본다.

나비 얘기를 하고 있자니 문득 먼 나라 풍경이 떠오른다.

언젠가 한번은 꼭 가고 싶은 곳, 알프스산맥 아래에 있는 트라고스 마을이다. 마을 근처엔 높은 산이 하나 있는데, 봄이 되면 산의 눈이 녹는다고 한다. 그 바람에 일 년에 한 번씩은 꼭 물속에 마을이 잠긴다고 한다. 물속에 잠겨있는 기간은 일 년에 2주 정도이고, 10미터 정도의 물속에 마을이 잠긴다고 한다. 집은 잠기지 않지만 마을로 들어오는 다리도 잠기고 산책길에 놓여있는 벤치도 물속에 잠긴다. 작은 들풀도 잠긴다. 맑은 물속에서 꽃이 피어 있는 장면을 보고 저곳이야말로 수중동화의 나라가 아닐까 하는 생각이 들었다. 잘 정돈된 자갈길도 보이고 초록 잔디밭과 다리 위로 물고기들이 유유히 헤엄치는 장면이 비현실적이고도 참으로 아름다웠다. 자연재해가 만들어낸 숨 막히는 풍경이었다. 그 속에 나비마저 난다면 상상만으로도 온몸에 전율이 느껴진다.

살아 보지 않은 미래가
그리워지는 이유가 뭘까?

봄이 찾아왔다. 지난겨울 내내 밑그림을 그려 놓은 정원에 봄이 찾아와 색을 칠하기 시작했다. 이제 막 피어난 꽃을 노란색으로 물들이기 시작하더니 매화와 목련은 흰색으로 물들였다. 자색목련도 꽃잎을 벌리기 시작하고 있다. 그렇게 며칠 동안 숨을 고르는가 싶더니 오늘은 흰 물감으로 벚꽃을 그려 놓았다. 사방에 벚꽃잎이 흩날리고 있었다. 명자꽃도 흰색에 붉은 빛이 살짝 도는 색으로 물들이고 있다. 꽃잎을 다 칠하고 나자 이번에는 초록물감으로 주위를 물들이며 서서히 그림을 완성해 가고 있었다. 곁에 있던 수선화도 다양한 색상이 어울릴 때 더욱 아름답다는 걸 아는지 활짝 웃는다. 벌들도 꽃을 찾아 날아들고 있다. 자고 일어나면 새로운 꽃그림이 그려져 있다.

그림 한 점 한 점을 바라보며 설레고 있는데, 책상 위에 놓여 있는 신문이 눈에 확 들어온다. 신문의 첫 면 헤드라인에는 이렇게 쓰여 있다. "많은 사람들이 당신과 동시대를 사는 영광을 누리게 해줘 고맙습니다, 호킹." 스티븐 호킹을 추모하는 글이었다. 호킹 박사는 인간의 본능인 탐험정신에 상상력과 창의력을 더하면 100년 후쯤 다른 행성에 정착할 수 있을 것으

꽃 수업이 있던 날

로 보았다. 그는 인류의 미래를 보장하기 위해서는 태양계를 벗어나야 한다고 했다. 지구가 아직은 쓸 만한 아름다운 행성인 것 같은데, 미래를 내다본 과학자의 눈에는 아니었나 보다. 그는 인류의 미래를 무척이나 걱정하는 천재 과학자였다. 20세기 초반, 아인슈타인의 상대성이론을 통해 블랙홀의 실체를 밝혔다. 이어 최초의 우주가 블랙홀의 한 점인 '특이점'에서 시작했다는 사실을 수학공식으로 입증한 인물이기도 하다. 그는 이 시대 최고의 과학자였다.

그런 그가 타계했다. 그와의 작별에 이렇게 많은 사람들이 가슴 아파하고 있다. 그는 영국의 웨스트민스터 사원에서 아이작 뉴턴과 찰스 다윈의 묘 사이에 안치되었다고 한다. 그들은 그곳에 모여서도 인류의 앞날을 걱정하고 있을 것만 같다. 혁명가 체 게바라는 이렇게 말했다. "가 보지도 않은 장소가 이렇게 그리울 수가 있는가." 그의 말이 오늘따라 가슴에 와닿는다. 나 또한 살아보지 않은 미래가 무척이나 그리워진다.

거만한 살구나무를
좋아하는 이유

4월이 되니 담 모퉁이에 서 있는 살구나무가 꽃을 피웠다. 꽃을 보니 고향생각이 났다. 한동안 물끄러미 쳐다보다 조선 후기 때 문신 이양연李亮淵의 '아가야 울지 말라(兒莫啼, 아막제)'라는 시가 떠올랐다. 동시에 엄마도 함께 떠오르며 생각에 젖었다.

아가야 아가야 울지 말라 (抱兒兒莫啼, 포아아막제)
울타리 옆에 살구꽃이 피었다 (杏花開籬側, 행화개리측)
꽃 지고 열매 열리면 (花落應結子, 화락응결자)
너랑 나랑 함께 주워먹자 (吾與爾共食, 오여이공식)

- 이양연(李亮淵), 아가야 울지 마라(兒莫啼, 아막제)

엄마는 이 시를 좋아했다. 살구꽃이 필 무렵이면 밭을 매면서 자장가처럼 읊조리곤 했던 노래다. 엄마 곁에 앉아 있던 나는 일이 끝나길 기다리며 따라 부르곤 했던 기억이 난다. 그게 바로 어제 일같이 느껴졌다. 엄마가 그렇게 노래를 불렀던 이유는 아마 당신이 어릴 적 외할머니에게 들었던 노래를 다시금 듣고 싶었기 때문이 아니었을까. 외할머니는 하늘로 가고 없으니 어머니 당신이 그 빈자리를 대신 채우고자 함이 아니었을까. 이런 생각을 하고 있는데, 딱새 한 마리가 포르르 날아들었다. 딱새는 가지에 앉아 꼬리를 까딱거린다. 이어 또 한 마리가 특이한 울음소리를 내며 날아든다. '삐쭈삐찌, 이히찌' 하는 울음소리다. 번식기에만 들을 수 있는 독특한 울음소리다. 저 새들도 어쩌면 자신의 노랫소리에 가만히 귀 기울이고 있는 것은 아닐까.

7월이면 살구열매가 누렇게 익어 먹음직스럽다. 하지만 우리는 섣불리 열매를 따 먹지 않는다. 열매는 떨어졌을 때 먹어야 맛이 있다는 걸 잘 알고 있기 때문이다. 그건 아마도 나무와 자연의 가르침이 아닐까. 맛있는 열매를 주니 고맙다며 절을 하고 주워 먹으라는 속내일 지도 모른다. 아마도 이렇게 인간에게 겸손을 가르치려는 모양이다.

살구나무는 다른 나무와 달리 씨로 번식할 때 과육이 붙어 있는 채로 삶는다. 그것을 거름흙에 묻어 두면 발아가 잘된다고 하니 한번 실험해 볼 생각이다. 한방에서는 살구 씨가 만병통치약으로 알려져 있다. 옛 어른들 말에 따르자면 '우선 살고

비밀의 정원으로 가는 길

보자'라는 생각에서 나무의 이름을 살구나무라고 지었다고 한
다. 그런 유래가 있을 정도로 살구나무의 씨가 약효성분이 높
다고 한다. 오늘날 살구나무 씨는 200가지가 넘는 병의 치료
약으로 쓰인다고 한다. 옛날에는 종묘제사에도 살구가 빠지지
않았다고 한다. 뿐만 아니라 살구꽃이 피는 시기를 보고 한 해
농사준비를 한다고 하니 여러모로 고마운 나무라고 할 수 있
겠다. 거기에다가 꽃까지 아름답고 엄마와 함께한 추억이 있
으니 사랑할 수밖에 없는 나무이다.

장미라도
가시는 싫어

처음 정원을 꾸밀 땐 내가 좋아하는 꽃과 나무를 심었다. 모든 일을 혼자서 하다 보니 제일 힘 드는 일이 바로 꽃과 나무를 관리하는 일이었다. 특히 가시가 있는 녀석들이 그랬다. 오죽했으면 파상풍 예방주사를 맞았을까. 지금은 내가 좋아하는 꽃보다 이곳에서 잘 자라는 꽃으로 정원을 꾸미고 있다. 처음엔 장미와 해당화를 좋아해 심어 보았지만 종국에는 없애고야 말았다. 지금은 내 손이 가지 않는 언덕 위에 줄장미가 있다. 가시가 없는 민찔레를 구해와 계단과 담벼락에 올려 두었다. 달밤에 하얀 찔레가 피어 있는 모습을 보고 있자면 슬프도록 아름답다.

찔레의 이름에도 여러 가지 유래가 있다. 가시가 찔러서 찔레라고 한다는 설도 있고, 고려시대 때 북방 몽골에 끌려갔다 간신히 풀려나 부모를 찾으러 온 아이 찔레에 관한 얘기도 있다. 부모님이 그리워 고향으로 돌아온 찔레는 고향산천을 헤매며 가족을 찾았으나 찾지 못했다. 결국 어느 골짜기에서 죽어 흰 찔레가 되었다는 이야기가 참으로 가슴 아프다. 찔레의 향 또한 가족을 그리는 향인지, 향은 왜 이리 가슴을 후벼 파는지. 노래가사처럼 찔레꽃 향기는 너무 슬퍼 목 놓아 울 수밖에 없는 것 같다.

　가시나무로는 구찌뽕, 두릅, 엉개나무와 장미과의 산사나무가 있다. 나는 그 근처엔 얼씬도 하지 않는다. 산사나무 꽃은 5월에 펴서 서양에서는 메이May라고 부른다. 꽃은 흰 찔레와 닮았고 9월이 되면 빨간 열매가 아름답다. 가시가 있다 보니 동서양을 막론하고 벽사의 힘이 있다고 믿는 나무다. 서양에서는 벼락을 막아 준다는 생각도 했으며 재질도 단단하다고 한다. 신대륙을 찾아 유럽청교도들이 미국으로 이주할 때 타고 간 배 이름도 '메이플라워May Flower'였다고 한다. 이는 위험한 긴 항해를 하는 동안 벼락을 맞지 않고 무사히 건너길 기원하는 의미에서 지은 이름이라고 한다.

　아무리 벽사의 의미가 있고 꽃이 아름다워도 내가 관리하기에 어려운 식물이니 가까이하기가 어렵다. 나무의 높이를 내 키에 맞춰 잘라 가시로부터 자유로워지고 싶다. 그러나 일하지 않는 방관자 남편은 보기 좋다며 못 자르게 하고 있다. 그럼 직접 일을 하든가, 나도 꽃과 열매가 아름답다는 걸 누구보다 잘 알고 있는 사람인데.

찔레향이 느껴지시나요?

신은 용서를 하지,
누구도 처벌하지 않는다

스피노자는 "인간은 태어날 때부터 윤리적인 존재"라고 했고 칸트는 『도덕형이상학』에서 윤리란 인간이 마땅히 그래야만 하는 정언적 명령이라고 규정하고 있다. 우리는 살아가면서 여러 가지 어려운 문제와 부딪칠 때가 많다. 판소리 '흥부가'를 보면 이런 구절이 등장한다. "사람마다 오장육부로대 놀부는 오장 칠부인 것이 심사부心思腑 하나가 더 있어 동네 주산 팔아

먹고, 초상난 데 노래하고, 가뭄농사 물꼬 빼기, 애 밴 계집 배
통차기, 우는 아기 똥 먹이기, 만만한 놈 뺨 치기, 장독에 돌 던
지기, 곡식밭에 우마 몰고.” 이 대목을 보고 우리네 고단한 삶
을 노래하는 해학쯤이라고 생각하고 그저 웃고 말았다. 하지
만 세상엔 그런 일을 스스럼없이 하는 사람들이 존재한다는
사실을 알고 놀라움을 금치 못했다. 세상을 바꾸려는 열망은
지구상에서 단 한 번도 사라진 적이 없다. 하지만 바꾸지 못하
고 우린 그저 그렇게 산다. 세상은 한번 살아볼 가치가 있다고
하지만 인간으로서 감당하기에 벅찬 일들이 많이 일어나고 있
는 것이 현실이다.

　인간사와 무관하게 연일 봄비가 내린다. 꽃은 피자마자 꽃
잎이 떨어진다. 거리는 떨어진 꽃잎들로 어지럽다. 겨우내 씨
가 끈적한 점액질에 싸여 똥파리를 불러 모으는데도 베어내지
못하는 돈나무가 꽃길 옆에 서 있다. 제주도에서는 똥나무라
고 부르고 있다고 한다. 베지 못하는 이유는 6월이면 향기로
운 꽃을 피우기 때문이다. 이렇게 세상일은 굴러가고 있다.

몽환적인 니켈라 믹스

그리운
그 시절

추운 겨울을 용케도 이겨 내고 연둣빛 새
싹을 올리는 잡초들을 보고 있노라면 그
강인한 생명력에 놀라움을 금치 못한다.
아무리 어려운 시련이 있어도 꿋꿋이 살
아가는 우리의 삶을 흔히 잡초에 비유하
곤 했다. 옛날엔 '민초民草'라 불리었던 냉

이꽃이 양지바른 곳에 피어 있었다. 꽃대를 주-욱 올린 하얗고 작은 꽃들이었다. 그들 틈 속에서 질경이는 땅에 딱 붙어 아직 꽃대를 올리지 못하고 있다. 흙이 있는 길가라면 어디서든지 잘 자라는 걸 보면 강인한 식물이다. 질경이를 한 포기 캐어 보니 뿌리가 여러 갈래로 뻗어 있고, 꽤 튼실하다. 이런 뿌리라면 사람이 아무리 밟고 다니고 수레바퀴가 지나가도 끄떡없으리라고 생각된다. 언제였던가, 오래전이었다. 겨울이 끝날 무렵에 막 올라오는 질경이를 캐서 된장국을 끓여 먹었던 적이 있다. 질경이는 이름만큼이나 질긴 식물인지라 한두 번밖에 먹을 수 없었다.

한방에서는 씨를 건조한 질경이를 차전자車前子라 부르고 전체를 건조한 것을 차전초車前草라 부른다. 둘 다 비슷한 효능이 있다고 한다. 질경이의 이뇨작용은 수분배설량을 증가시킬 뿐 아니라 요소, 염화나트륨 및 요산 등의 배설량을 증가시켜 준다고 한다. 옛날에 코피가 멈추지 않으면 질경이를 찧어 그 생즙을 마시게 하기도 했다. 유독 공부를 잘하는 이웃 오빠가 있었다. 공부를 잘한다는 이유만으로 은근히 좋아했던 오빠였다. 잠을 자지 않고 공부만 해서인지 코피를 달고 살았다. 그의 어머니는 흰 수건을 머리에 쓰고 자주 밭둑에 앉아 질경이를 캤다. 그 모습을 다시금 떠올리니 슬며시 미소가 지어진다.

머리에 꽃 꽂기 좋은 날

머리에
꽃 꽂기 좋은 날

율곡 이이는 배우는 학자들이 꼭 시를 잘 지어야 할 필요는 없다고 했다. 그러나 시작詩作을 하면 마음을 표현할 수 있고 기를 맑고 기쁘게 한다며 학자의 길을 가는 데 도움이 된다고 했다. 그는 일찍이 시는 사람뿐만 아니라 귀신도 감동시킨다고 말했다. 마음속의 찌꺼기를 씻어 주어 마음을 수양하고 자신을 성찰할 수 있다고 했다. 봄이 되니 정원엔 새잎이 돋아났다. 새 잎이 손바닥처럼 펼쳐지는 모습을 보고 있자니 기분이 묘했다. 그 기분을 어떻게 표현해야 할까. 이럴 땐 후천성 학자 증후군에 걸려 보면 어떨까 하고 생각해 본다. 후천성 학자 증후군에 걸린 이들은 다양한 분야에서 천재성을 발휘한다. 난 아름다운 자연을 시적으로 표현해 보고 싶다. 시가 주는 함축성의 울림을 느껴 보고 싶다. 새순이 자라면서 꼼지락거리는 모습을 보고 어떤 감흥을 느낀다. 하지만 그 감흥이 글로 표현되진 않는다. 머릿속에서 떠오르는 표현이라곤 그저 '추위에서 막 깬 부드러운 봄 햇살', '연둣빛 새순' 같은 상투적인 단어뿐이다. 그런 기분을 말로 어떻게 표현할 수 있을까 고민했다. 오전 내내 산책을 하며 고민해도 떠오르지 않는다. 되려 알고 있던 모든 단어들마저 잊어버릴 것 같아 정신을 차려 본다.

그래, 굳이 내가 표현하려 들지 않아도 이미 빼어난 언어감각으로 세상을 노래한 시인들이 얼마나 많은가. 그렇게 생각하며 슬며시 웃어 본다. 옆에 있던 남편이 왜 실성한 사람처럼 히죽거리냐고 묻는다. 그 말을 듣자니 문득 그래! 구양수歐陽修의 시 한 구절이 떠오른다. '백발에 꽃 꽂았다 그대여 웃지 마라白髮載花君莫笑, 백발대화군막소.' 이런 봄날엔 머리에 꽃을 꽂고 맨발로 한바탕 춤이나 추고 싶다는 생각이 들었다. 누구라도 함께 말이다. 그렇게 춤을 추다가도 어둠 내리는 밤이 찾아오면 꼭 제정신으로 돌아올 것만 같은 봄날이다.

누구 입이 더 큰가, 입 벌리는 딱새

요즘은 새 울음소리에 새벽잠을 깨는 일이 많다. 며칠 전부터 딱새가 우체통에 집을 짓기 시작했다. 처음엔 그저 쓰레기를 모아두는가 싶었다. 시일이 지나자 제법 그럴싸한 밥그릇 모양이 되어 가고 있었다. 마른 풀더미뿐만 아니라 자신의 깃털을 뽑아 튼튼하고 따뜻한 보금자리를 만들고 있다. 수컷은 목부분과 등, 날갯깃, 꼬리가 검다. 가슴과 배는 적갈색을 띠며 화려하다. 머리는 뒷목까지 은회색을 띠는데 남편의 뒷머리 모습을 보는 듯하다. 둥지 앞 나뭇가지에 앉아 보초를 서곤 한다. 사람이 지나가면 연신 '삐쭈삐찌, 이히찌'거리며 경계하는 울음을 보낸다. 그에 비해 암놈은 노란색이 도는 회갈색을 띠며 수컷과 같이 날개에 흰 반점이 있으나 수수하다.

우편함 옆에 '새 둥지 만드는 중'이라는 안내문을 붙여 두었다. 고맙게도 우체부와 신문 배달하시는 분이 딱새의 집 짓기 공사에 협조를 해 주신다. 아침에 가 보면 우편함 안에 서류가 들어 있지 않고 곁에 둔 의자 위에 놓여 있다. 가능하면 우리도 주차장으로 둘러 다닌다. 그로부터 며칠이 지났을까. 조심스럽게 안을 들여다보니 글쎄 알을 3개나 낳아 두었다. 나날이 해도 길어지고 기온이 따뜻해진다. 잔디밭의 풀도 두벌매기에 들어갔다. 풀 매느라 앉아 있으니 봄 햇살에 등이 따뜻해졌다. 집 안에 있을 때보다 기분이 훨씬 좋아졌다. 풀을 매다가 보통 5~6개 알을 낳는데 오늘은 몇 개를 더 낳았을까 궁금해 살짝 훔쳐보았다. 그런데 이게 웬일인가. 감쪽같이 3개의 알이 없어진 게 아닌가. 새가 옮겼을 리도 없고, 어찌된 일일까. 온갖 상상을 다 해보았다.

합리적 의심을 해보자면 먼저 고양이가 가장 수상쩍다. 그곳은 고양이가 항상 지나다니는 길목이고 그 밑에서 잠을 자기도 하니 말이다. 때론 우편함 위에 앉아 있기도 한다. 아니면 사람이 들고 간 것일까. 뱀은 아직 보이지 않으니 범인이 아닌 것 같다. 둥지도 멀쩡하고 알이 깨진 흔적도 없다. 그러니 난 사람의 짓이라 생각했었다. 마음은 무겁고 생각은 복잡하나 다시 따뜻한 햇살을 받으며 풀을 매 본다. 수수께끼를 풀기 위해 이런저런 생각을 하고 있는데 문득 이상한 느낌이 들어 발치를 내려다보았다. 빨간 장화 위에 엄지손가락만 한 크기의 개구리가 올라와 있었다. 장화의 고무촉감에 놀란 것일까. 얼룩무늬 참개구리는 오줌을 찍 싸 놓고 제 갈 길을 가 버린다. 저만치 가 버리는 개구리 위로 벚꽃이 분분히 휘날리고 있었다.

앵초와 윤판나물

내가 나설
수밖에

흰털이 돋은 잎들이 폭신하게 보이는 앵초가 제법 꽃대를 한
뼘이나 올리고 있다. 꽃대 끝에 분홍색이 살짝 보인다. 끝이
우산살처럼 갈라져 그 끝마다 붉은 자주색 꽃이 피어날 것이
다. 꽃잎 모양 하나하나가 하트모양을 하고 있는 것이 여간 사

랑스럽지 않다. 위에서 그 모습을 내려다보면 벚꽃같이 보인
다 하여 앵초櫻草라고 부른다.

앵초 군락지 옆에 몇 해 전 심어 둔 윤판나물은 어느덧 가
족의 수가 많이 늘어 앵초 군락지를 침범하고 있다. 앵초에 비
해 키가 큰 윤판나물은 언뜻 보면 '둥글레'라고 생각할지도 모
른다. 그러나 둥글레보다 꽃이 큰 편이고, 꽃이 맺히는 위치도
다르다. 윤판나물은 백합과로서 앵초와 마찬가지로 산지 숲속
에서 잘 자란다. 여러해살이로 어린순은 나물로 먹는다. 키가
30~50센티미터쯤 삐죽 자라는 것이 특징이다. 줄기의 윗부분
에서 몇 개의 가지가 갈라져 꽃이 핀다. 꽃은 길쭉한 나팔 같
은 연한 노란색으로 땅을 향해 2~3개 핀다. 가을이 되면 콩 같
은 열매가 검게 익는다. 주로 뿌리줄기를 옆으로 뻗어 가는 식
으로 번식한다. 물론 씨를 통해 번식할 때도 있다.

윤판나물은 앵초보다 번식력이 좋으니 머지않아 앵초가 사
라져 버릴 것만 같다. 가만히 앉아 윤판나물을 어디로 옮길까
생각 중이다. 내가 정원에 앉아 멍하게 있을 땐 주로 식물 이
사문제로 나름 깊은 생각에 빠져 있을 때이다. 이럴 땐 옆에
뱀이 기어와도 모른다. 머릿속의 정원지도를 온통 샅샅이 뒤
지고 있는 중이니까.

식물이 동물만큼
순수하고 뜨겁지 못하다고?

아카시아는 꽃 피울 준비를 끝내고 있다. 어제는 붓꽃이 붓끝에 막 푸른 물감을 적시더니 오늘은 활짝 벌어져 스스로 그림이 되어 버렸다. 일찍 핀 금낭화는 꽃잎이 다 지고 꼬투리가 조그마하게 매달려 있다. 일찍 핀 튤립은 다 졌다. 이어 노란 튤립이 피었다. 꽃대 끝에 줄기를 내 작은 꽃을 여러 송이 피웠다. 꽃잎 끝에서부터 세로로 붉게 물들기 시작하고 있다. 텃밭엔 완두콩이 나비 같은 하얀 꽃을 피워 벌을 부르고 있다.

금낭화 밭에서

양파도 그럴듯한 모습을 갖추고 있다. 심어 두니 햇살 아래서 빗물을 받아 마시며 스스로 잘 자라는 모습이 대견스럽다. 김영범의 『하루에 떠나는 철학여행』을 보면 태양은 신이 아니라 불타는 돌덩이라고 주장해 불경죄로 유죄 판결을 받은 그리스 철학자 '아낙사고라스(BC. 500-428)'가 등장한다. 그는 세상의 모든 사물이 미세한 입자로 구성되어 있으며 이를 관장하는 것은 초자연적인 지성이라고 믿었다. 그리고 철학사에서 최초로 스스로 만물을 다스린다는 '누소nous'라는 개념을 제기했고 아리스토텔레스도 이런 사실을 높이 평가했다고 한다. 공기 중에 모든 종류의 스페르마타(씨앗)가 포함되어 있어서 이 씨앗이 빗물에 씻겨 내려가면서 지구상의 모든 식물의 싹이 튼다고 생각했다는 것이다.

현대과학적인 차원에서 접근해 봐도 그렇다. 에너지와 물이 생명체가 출현할 가능성을 높였다고 한다. 세상엔 아직 풀지 못한 수수께끼로 가득 차 있다. 최근엔 우주정거장에서 방사능에 노출되어 있는 유리창에 바다 플랑크톤이 붙어 있는 걸 확인했다고 한다. 가만히 식물을 들여다보고 있자면 어쩜 하는 생각이 들기도 한다. 뿐만 아니라 아테네의 역사가 '클레이데무스'는 식물이 동물과 같은 원소로 이루어져 있지만 그 구성요소가 동물만큼 순수하거나 뜨겁지 못하기 때문에 미처 동물이 되지 못했다고 믿었다. 그러나 나는 종종 이렇게 생각해보기도 한다. 식물은 순수해서 식물로 남았고, 동물은 영악해서 식물로 남지 못했지 않나 하는 생각 말이다.

이유는 각각이나
이름은 하나

―――――

'때죽나무'에 얽힌 유래들이 재미있다. 유래도 한 가지가 아니고 여러 가지다. 우린 줄기가 때를 탄 것같이 거무칙칙해 때죽나무라고 부른다. 그러나 다른 곳에서는 꽃이 떼로 달려 있어 때죽나무라 하고, 어떤 곳은 잎과 열매를 찧어 물에 풀면 동물을 마취시킬 수 있는 '에고 사포닌' 성분이 들어 있어 물고기가 떼로 기절해 물 위로 떠 올라와 때죽나무라고 한단다. 또 이런 이유도 있다고 한다. 꽃이 지고 나면 열매가 동자승 머리처럼 생긴 것이 다닥다닥 떼로 모여 있는 것 같다고, 그런 이유에서 때죽나무라고 부르는 곳도 있다고 한다. 열매를 찧어 빨래를 하면 때가 죽죽 잘 빠져서 그렇게 부른다는 곳도 있다. 이 모든 것이 틀린 말은 아니다.

　연못가에 있는 때죽나무가 종처럼 생긴 하얀 꽃을 드문드문 달고 있다. 작년엔 가지가 보이지 않을 정도로 꽃을 달고 있더니 올해는 한숨을 돌리는 모양이다. 때죽나무는 전 세계적으로 120종이 되나 한국산이 가장 훌륭하다고 한다. 산에서 흔히 볼 수 있는 나무인데 정원수로 추천하고 싶다. 꽃도 예쁘

떼로 달린 때죽나무꽃

고 공해에도 강하다. 제주도에서는 때죽나무 가지를 통해 물
을 받아두면 몇 년을 두어도 상하지 않는다고 한다. 올해 장마
때 아홉산 정원에서 한번 실험을 해볼 생각이다. 때죽나무 가

지를 통해 빗물을 받아둔다면 언젠가 요긴하게 사용할 수 있
을 것이다.

화사한 황매

뿌리는 잎보다 길이나 질량 면에서
월등한 경우가 많다 하니

가지가 축 늘어진 수양복숭아는 분홍 꽃을 어마어마하게 달고
있다. 무게에 못 이겨 가지는 땅에 닿을 듯하다. 내년엔 과연
피울 힘이 있을까 걱정이 된다. 마주 보고 서 있는 겹복숭아꽃
은 하늘을 향해 뻗은 가지에 검붉게 피어 위용이 대단하다. 이
두 그루의 나무를 한곳에서 감상하기 좋은 곳을 만들기로 했
다. 먼저 기존에 있던 오솔길을 옮기기로 했다. 디딤돌을 옮기

려 남편과 한참 씨름을 했다. 돌이 무거워 좀체 꿈쩍하지 않는다. 한 사람은 곡괭이로 들고 난 지렛대를 넣어 가며 겨우 옮겨본다. 돌이 패인 곳에 쑥부쟁이 뿌리가 납작하게 붙어 엉켜 있다. 뿌리가 저리 납작해질 때까지 깔려 있는데도 어떻게 영양분이 전달될까 싶다.

　식물이 살아갈 수 있게 하는 것은 역시 뿌리조직이다. 뿌리는 아무리 단단한 물질이라도 그 안으로 파고 들어가 성장할 수 있다. 뿌리털은 세포분열과 팽창작용을 통하여 큰 압력도 가할 수 있다고 한다. 가느다란 뿌리에 물이 들어가면 과연 얼마나 들어가고 세포가 팽창하면 또 얼마나 팽창할까 싶다. 그러나 그 힘으로 강한 화강암도 파괴할 수 있다니 놀랍다. 식물의 종류에 따라 제곱미터 당 10킬로그램까지의 압력도 가할 수 있다고 한다. 그러니 실처럼 가느다란 식물뿌리를 볼 때마다 놀라움을 금치 못하고 있다. 뿌리를 가만히 살펴보면 마치 우리 뇌의 뉴런처럼 복잡하게 엉켜 있다는 걸 알 수 있다. 식물은 생명체의 주요기능을 담당하는 단일 조직이 없다. 대신 그에 상응하는 역할을 뿌리가 대신하고 있는 셈이다. 인간의 뇌가 신체의 모든 걸 통제하듯이 말이다. 정보를 수집하고 통합하여 성장방향을 결정하는 것이 뿌리라고 한다. 뿌리가 마치 식물의 뇌의 역할을 하는 것 같다.

다른 별엔
청려장이 필요 없겠지

5월 중순이 되니 안개꽃이 꽃잎을 피우려고 하는 모양인지 끝이 하얗게 보이기 시작한다. 살랑바람에도 연약한 줄기가 너울거린다. 그 곁에서 명아주가 훌쩍 자라고 있다. 명아주는 '는장이'라고도 불린다. 저렇게 약하게 자라는 한해살이풀이라도 사람 키 이상 자라고 굵어진다. 그리고 지팡이가 될 만큼 단단해진다. 게다가 가볍기도 하니 이보다 좋은 지팡이는 없을 것이다. '푸른 청青'을 쓰고, '명아주 려藜'에 '지팡이 장杖'을 써서 청려장青藜杖이라고 한다. 뿌리째 캐서 가지를 다듬어 솥에 찐 뒤 그늘에 말려 청려장을 만든다. 솥에 찌지 않고 그냥 말려도 훌륭한 지팡이가 된다. 현관에 청려장이 자리한 지 어느덧 몇 년 정도 되었다. 정원 산책을 할 때 혹시 뱀을 만날까 싶어 청려장을 들고 나간다. 쓸 만하겠다 싶어 몇 개를 만들어 친정엄마에게 선물했더니 이곳에 오시면 꼭 이용하곤 했다. 그러나 지팡이는 자식이 부모에게 선물하는 게 아니라고 하셨다. 그러더니 갖고 가시지는 않았다.

그렇게 말하던 엄마는 이제 지구별을 떠나셨다. 그 청려장은 주인을 잃고 세월이 가도 여전하다. 우리나라 민요 '정선 아리랑'에는 이런 구절이 있다. '세파에 시달린 몸 만사에 뜻이 없어 홀연히 다 떨치고 청려를 의지하여 지향 없이 가노라니 풍광은 예와 달라 만물이 소연한데 해 저무는 저녁노을 무심히 바라보며 옛일을 추억하고 시름없이 있노라니 눈앞에 온갖 것이 모다 시름뿐이라-'라는 구절이다. 한마디로 더도 아니고 덜도 아닌 인간사가 보이며 가슴이 먹먹해 할 말을 잃게 한다. 옛 예기禮記에는 고대의 지팡이를 짚는 규정이 적혀 있다. "쉰에는 집 안에서 짚고, 예순에는 고을에서 짚고, 일흔에는 제후의 나라에서 짚고, 여든에는 천자의 조정에서도 지팡이를 짚는다"고 했다. 글이 눈에 들어오지 않는 어느 한가한 밤, 어디 한 번 청려장을 짚고 마을산책이나 나가 볼까 싶다.

꽃 수업이 끝나고

정원은
사람과 생각이 만나는 곳

————

물속에 잠겨 있는 벚나무 가지 위에 꽃이 피었다. 저문 꽃잎 몇 점이 수면 위를 잔잔히 떠다니고 있다. 푸른 이끼가 피어난 바위 위에도 꽃잎이 분분히 떨어져 있다. 그 정경을 보고 있자 니 '서거정'이 떠오른다. 서거정은 조선전기의 문인으로 문장 과 도덕으로 최고의 칭송을 받은 인물이다. 그의 시, '춘일'이 라는 작품의 한 구절이 특히 마음에 든다.

작은 연못 봄물이 이끼보다 푸르구나(小池春水碧於苔, 소지춘수벽 어태)
봄 근심과 봄 흥치 어느 것이 더 깊은가(春愁春興誰深淺, 춘수춘흥 수심천)

- 서거정徐居正, '춘일春日'

세상 살아가다 보면 근심 마를 날이 없다. 서민복지를 위한 나라의 최저 임금 정책은 오히려 서민을 울리고만 있다. 이러 한 시름이 봄의 흥치를 깰까 봐 두렵다. 꽃잎은 인간사와 무관 하게 떨어져 쌓여만 가고 있다. 물 떨어지는 소리가 청아하게 들려오나 왠지 사위가 죽은 듯 고요하게 느껴진다. 이런 설명

할 수 없는 느낌이 때론 삶의 희열로 다가오기도 한다. 정원은 사람과 생각이 만나는 곳이다. 내 일찍 정원 열병에 걸려 생각을 만나게 된 것이 얼마나 다행인지 모른다. 봄 근심과 봄 흥치는 견줄 수 없듯, 정원에서 생각과의 만남 또한 무엇과도 견줄 수 없다.

연못에 비친 나무

초록 잎사귀에
왜 우리는 열광하지 않는지

우리는 초록 잎사귀를 보고 열광하지 않는다. 꽃 지면 잎이 나는 것은 자연의 섭리니 그저 그러려니 받아들일 뿐이다. 이러한 인간의 무심함에도 초록 잎들은 기죽지 않는다. 꽃처럼 제각각 잘났다고 뽐내지도 않고 함께 어울려 조화롭기만 하다. 잎들이 나와야 새들도 알을 품을 수 있으니 그 넉넉함 또한 얼마나 좋은가.

5월은 멋지다. 이양하李敭河는 일찍이 자신의 수필을 통해 신록을 노래하지 않았던가. "신록은 먼저 나의 눈을 씻고, 나의 머리를 씻고, 나의 가슴을 씻고, 다음엔 나의 마음의 모든 구석구석을 하나하나 씻어 낸다."고 말이다. 꽃에 취해 들떠 있다가 문득 주위를 살펴보니 세상이 온통 초록세상이다. 자연이 나에게 애쓰고 산다며 '옛다! 여기 초록이다 받아라'하고 작은 정원에 선물을 던져 준 것 같다. 내가 자연을 사랑하는 것보다 훨씬 큰 선물을 받은 것 같다. 눈물 나도록 고맙다. 삶은 흘러가는 대로 사는 것이다. 초록정원 세상에서의 삶은 꿈 너머 꿈속에서 사는 것만 같다. 바깥세상은 어지럽다. 그러나 나는 그저 초록 잎들 덕분에 마음이 고요하고 편안할 뿐이다.

녹음에 싸인 정원

이 일을 어쩌나

작약이 붉은 꽃 한 송이를 피웠다. 파란꽃창포도 무더기로 꽃을 피우기 시작한다. 정원은 꽃과 녹음에 푹 싸여 엄마 품처럼 포근하다. 딱새도 우편함에서 새끼를 부화시켜 이소離巢를 끝냈다. 아마 그 새끼들도 이 품속 어딘가에 있을 것이다. 이렇게 가슴 두근거리는 날에도 호미를 들고 정원으로 나간다. 길가의 풀숲을 지나칠 때마다 발이 젖어 먼저 그곳을 매기 시작했다. 새들은 얼마나 영리한지 땅을 뒤집으면 벌레가 나온다는 걸 알고 내 주위를 떠나지 않는다. 땅을 파면 내 애기손가락보다 조금 가는 검은 애벌레가 나온다.

오늘은 투명한 굼벵이가 나왔다. 등 부분은 속이 검고 가슴 쪽에 양쪽 발이 3개씩 붙어있다. 다시 흙으로 덮어 줄까 생각하고 있는 사이 개미 한 마리가 달라붙었다. 풀 매는 것도 잊고 지켜보기로 했다. 크기로만 치자면 굼벵이가 개미보다 50배 이상 크다. 그럼에도 개미는 굼벵이에게 악착같이 덤빈다. 애벌레는 약한 발로 버둥거리며 개미를 떼내려 한참을 버둥거린다. 가만히 보니 한 발은 개미에 의해 다쳤는지 잘 움직이지 못하고 있다. 개미는 작전을 바꿨는지 굼벵이의 등으로 올라타 깨물기 시작한다. 애벌레는 버둥거리고 있지만 속수무책이다. 흙만 뒤집지 않았다면 이런 일이 없었을 텐데 싶어 마음

속으로 죄책감을 느끼기 시작했다. 이때 가까운 나뭇가지 위에 있던 작은 새가 날아와 눈 깜짝할 사이에 개미와 함께 굼벵이를 낚아채 간다. 날아가는 쪽을 보니 그 뒤로 층층나무가 손바닥같이 큰 하얀 꽃을 피우고 있다. 굼벵이는 어쩌면 얼마 전 우편함 안에서 부화된 딱새 새끼들의 먹이가 될지도 모르겠다는 생각이 들었다.

베르가모트 밭에서

확 속에 빠진 꽃창포

5월의 풍경

찔레꽃이 필 무렵이면 모내기철이다. 산자락과 밭둑에도 하얀 찔레가 지천으로 피어 있다. 이맘때면 가뭄으로 농부들이 애간장을 많이 태운다. 이때를 '찔레꽃가뭄'이라 하는데 올해는 물 걱정이 없다. 논마다 물이 가득 차 있고 부지런한 농부의 논에선 모내기가 시작되고 있다. 산도 이미 새 옷으로 갈아입었다. 이미 초록 물결로 일렁이며 사람의 마음도 움직이게 하고 있다. 나무 밑의 작은 돌확에는 며칠 전 내린 비로 물이 고여 있다. 물 위로 떨어진 꽃잎은 물속에 비치는 나뭇가지 그림자 위에서 또다시 꽃을 피웠다. 그 속을 들여다보니 언제 태어났는지 아주 작은 올챙이들이 헤엄을 치고 있다. 가만히 관찰해 보니 장구벌레가 더러 있었다. 저걸 먹이로 살겠구나 싶어 지나쳤다. 다음날 보니 놀라운 일이 벌어져 있었다. 장구벌레가 얼마나 많은지 참외 씨만 한 올챙이가 장구벌레에 파묻혀 오히려 잡아먹힐 지경이 되어 있었다. 일일이 스푼으로 올챙이를 건져내었다. 건져낸 올챙이를 연못으로 보내고는 돌확을 비웠다. 깨끗이 세수한 돌확은 새로운 이야기를 담아내고 있다. 그곳엔 하늘이 담겨 있고 구름도 흐르고 있다. 연못으로 간 올챙이는 유유자적 헤엄을 치고, 어리연꽃의 하트 모양의 잎은 햇살을 받아 더욱 빛나고 있다. 그 옆엔 밤에 꽃잎을 닫기에 물 '수水'가 아닌 졸음 '수睡'를 쓰는 수련이 꽃을 피우고 짧은 봄날을 즐기고 있는 것 같다.

돈나물과 케모마일 그리고 꽃양귀비

여름

summer

남가일몽
(南柯一夢)

────

개미집 입구에 흙가루가 보슬보슬하게 쌓여 있다. 마치 집의
입구를 성처럼 감싼 듯한 모양새였다. 개미들이 지은 지 얼마
되지 않는 집일까. 짓는 과정 중에 쌓아 둔 흙처럼 보였다. 회
화나무 밑에 난 개미집 앞에 쪼그리고 앉아 어쩌면 저 안에 괴
안국槐安國이 있을지 모른다는 생각을 해 보았다. 무슨 잔치라
도 벌어졌는지 개미들은 분주하게 집을 들락날락거린다.

옛날 중국 당나라 덕종德宗시절 순우분이라는 사람이 남쪽지
역 양주揚州에 살고 있었다. 어느 날 술에 취해 집 앞 회화나
무 아래서 잠깐 잠에 들었다 깨어나 보니 괴안국이라는 곳에
서 사신이 찾아와 도성에 따라가게 되었다. 그곳에서 생각지
도 못한 부마의 자리에 올라 아들딸을 낳고 20년 간 그곳 남가
군南柯郡의 태수로 행복하게 살았다. 그러나 그곳 또한 이곳 세
상과 별반 다르지 않았다. 시기하는 자가 생겨 고향으로 잠시
돌아오게 되었다. 집 앞 회화나무까지 왔는데 이때 관원의 큰
소리에 깜짝 놀라 눈을 떠 보니 그간의 일이 전부 꿈이라는 걸
알게 되었다. 무슨 일인가 싶어 회화나무 아래를 보니 개미구
멍만 있었다는 이야기다. 여기에서 봄날 남쪽 가지 밑에서 잠
이 들어 꾼 꿈이라는 남가일몽이라는 말이 생겨났다고 한다.

회화나무 아래

　　옥신각신 다투며 살아도 우리 삶 또한 잠깐 꿈을 꾸는 과정
이 아닌가 싶다. 오늘도 또 다른 부마를 맞이하여 잔치를 베푸
느라 개미들이 저렇게 분주할지도 모르겠다는 생각이 들었다.
옆에서 같이 밭일을 하는 둥 마는 둥 하는 남편이 게으름을 피
우다 잠들어 괴안국에 가 부마가 되고 남가군 태수가 되어 행
복하게 살게 될까 조금 걱정이 되었다. 남편을 힐끔 한번 쳐다
보았다. 이때 한 녀석이 내 발등을 깨물었다. 화들짝 놀란 내
가 지금 어쩌면 꿈에서 깬 것이 아닌가 하는 생각이 들었다.

꽃잎이 헛꽃인
산딸나무

도저히 셀 수 없을 정도로 많은 꽃을 피우고 그 자태마저 아름다운 산딸나무가 있다. 나무는 바람에 흔들흔들 춤을 추고 있다. 그 모습에 가슴이 막 뛰기 시작했다. 급기야 안절부절 못하고 정원을 들락거린다. 한자로는 사방을 비춘다는 뜻으로 '사조화四照花'라고 한다. 열십자 모양의 꽃잎으로 알고 있는 넉 장의 포는 수분곤충에게 잘 뜨이도록 아름답게 변형된 기관이다. 이 4개의 꽃잎 모양이 십자가를 연상시키기도 한다. 기독교인들의 전설에 의하면 예수가 십자가에 못 박힐 때 사용된 나무를 통칭 산딸나무Dogwood라 불렀다고 한다. 재질이 단단하고 이스라엘 지역에서 가장 크게 자라는 나무였다고 한다. 이후 다시는 십자가를 만들 수 없도록 하느님이 키를 작게 만들었다고 한다. 그래도 키가 5미터 정도로는 자란다.

우리나라에도 미국산딸나무, 꽃산딸나무, 서양산딸나무 등이 수입된다. 이곳에도 다양한 외국 산딸나무가 있다. 4월이 되어 날씨가 따뜻해지면 꽃이 먼저 피고 잎이 나는 것이 보통이나 기온의 변화가 심하면 나무도 당황한 듯 꽃과 잎을 동시에 피우기도 한다. 이런 현상을 같은 나무에서도 볼 수 있다. 이와 달리 우리나라 자생인 산딸나무는 7미터 정도로 자라 키가 조금 더 크다. 서양산딸나무와 달리 6월이 되어 나뭇잎을 다 펼치고 나서야 초록 잎 위로 꽃대를 올리고는 꽃이 하늘을 향해 핀다. 이곳 아홉산 정원에는 분홍과 흰 꽃이 있는데 흰 꽃은 단번에 시선을 확 끄는 데 반해 분홍은 존재감이 미미해 아쉬웠다. 그런데 올해는 흰 꽃이 피기 전 선명한 분홍으로 시선을 확 끌며 나뭇잎이 보이지 않을 만큼 많은 꽃을 피웠다. 보통 꽃은 열흘을 넘기기 어렵다지만 산딸나무 꽃은 한 달을 넘게 피어 있다. 꽃가루받이가 끝나고도 꽃이 떨어지지 않고 오래 버틸 수 있는 이유는 꽃잎이 헛꽃이기 때문이라고 한다.

산딸나무꽃 나비가 되어

18세기
그림 속으로

———

'석죽화'라고도 부르는 패랭이가 줄기 끝에 붉은 꽃을 달고 하늘을 향해 피어 있다. 패랭이라는 이름은 꽃의 모양이 옛날 남자들이 쓰던 모자 패랭이와 닮았다는 데에서 유래했다. 줄기는 뾰족하고 가느다란 잎을 마주 보게 내고 있다. 여름이 시작하는 6월이면 꽃이 피기 시작해 여름이 끝날 때까지 피고 지는 모양이 참으로 아름답다. 숙근초라 한번 심어두면 해마다 볼 수 있어 좋다. 곁엔 꽃잎 가장자리가 술처럼 잘게 갈라져 있는 흰술패랭이꽃도 피어 있다.

  노곤한 오후, 때마침 누런 고양이가 살금살금 패랭이 곁으로 다가오는데 커다란 긴꼬리제비나비 한 마리가 날아든다. 뒷날개 쪽에 눈썹모양의 붉은 점이 선명한 암컷이다. 바위 틈엔 제비꽃도 피어있으니 영락없는 김홍도의 '황묘농접黃猫弄蝶'을 보는 듯했다. 나 또한 그림 속으로 들어가 보려고 다가가나 고양이는 야속하게 제 갈 길을 가고 만다. 꼬리가 길며 화려한 호랑나비과의 긴꼬리제비나비도 참나리에 앉았다가 금방 날아가고 만다. 아마 좋아하는 엉겅퀴를 찾아 날아가는 것일 게다. 엉겅퀴는 누구라도 한번 만져 보고 싶어 하는 신비로운 꽃이다. 엉겅퀴 위에 긴꼬리제비나비가 앉아 있는 모습을 보고 있노라면 그 몽환적인 분위기에 빠져들기도 한다. 오늘은 그

Living Art Ahopsan Garden

모습을 볼 수 없었지만 잠깐 18세기 그림 속으로 들어갔다가
나온 기분이다. 그림과 같은 패랭이와 돌과 제비꽃은 제자리
에 그대로 있다. 헌데 영혼이 자유로운 고양이와 긴꼬리제비
나비는 순식간에 어디론가 사라져 버렸다.

홀로 핀 삼백초

연못 위에 자리한 개옥잠화

아는 것보다
모르는 것이 더 많은 세상

부추밭을 매다 보면 부추밭 속의 풀들은 부추를 많이 닮아 있
고 또 뻐꾹나리 군락에는 나도뻐꾹나리가 잘 자라고 있는 것
을 볼 수 있다. 동물의 세계에서 우린 이미 이들의 속임수를
알고 있다. 자벌레나 대벌레 등은 나뭇가지와 꼭 닮아 있다.
새들의 눈에 띄지 않게 진화되어 있다. 꽃잎을 갉아 먹는 애벌레도 흡사 꽃무늬 모양을 하고 있기도 한다. 그렇다고 식물이 당하고만 있지 않는다. 줄기에 개미나 진딧물이 붙어 있는 것 같은 식물도 있다. 벨로크시계꽃은 잎 전체에 갈고리 모양의 털이 나 있다. 나비애벌레가 잎에 기어 올라오면 이 가시털에 찔려 죽는다고 하니 놀랍다.

그보다 더 놀라운 것은 칠레와 아르헨티나의 온대 활엽수 림에서 자라는 칡의 일종인 '보퀼라'라는 식물이다. 보퀼라는 로봇 만화에서나 볼 수 있는 식물계의 젤리그라 한다. 꽃의 변화가 가히 놀랍기 때문이다. 스테파노 만쿠스의 『식물혁명』을 보면 2013년 식물학자 에르네스토 지아놀리Ernesto Gianoli가 칠레 남부 숲에서 이 식물이 숙주에 맞춰 가며 비슷하게 모방까지 한다는 것을 알았다고 한다. 그것도 수차례 잎의 형태와 색상 심지어 크기도 바꾼다는 것이다. 지난 1905년에 이미 유명한 식물학자 고틀린 하버란트Gottlieb Haberlandt, 1854~1945가 식물이 표피세포 덕분에 이미지를 인지할 수 있다고 주장했다. 그러나 이 이론은 식물학계에서 별로 주목받지 못하고 사라져 버렸다고 한다. 그러나 보퀼라의 변신에 의해 최근 단세포 생물이나 식물도 시각적인 능력을 가질 수 있다는 것이 증명되었다고 한다. 이와 같이 식물의 세계만 하여도 우리가 아는 것보다도 모르는 것이 더 많은 세상인 것이다.

장마의 시작을 알리는 수국

현명한 베짱이

자고 일어나면 습관처럼 정원을 한번 둘러본다. 밤새 어떤 일이 생겼나 살펴보며 오늘 해야 하는 일을 찾아내는 것이다. 부지런한 수국은 가지에 아기손바닥만 한 크기의 꽃망울을 무더기로 붙이고 있다. 잎은 밤사이 너무 많은 양의 물을 머금은 것 같다. 잎의 가장자리 톱니 부분의 거치에 이슬이 대롱대롱 매달려 있었다. 필요 이상의 물을 머금었을 땐 이렇게 이른 아침에 잎맥 끝을 통해 물을 배출한다. 이것을 일액현상이라고 한다. 말발도리는 가는 줄기에 꽃을 다닥다닥 매달고 있다. 축 늘어져 있는 모습이 어사화를 연상하게 하나 힘에 부쳐 보인다. 곁에 있는 고광나무도 한 줄기 빛을 뜻하는 고광孤光에서 이름을 따오지 않았나. 하얀 꽃은 밝고 빛이 난다. 향 또한 상큼한 오이향이 난다.

이른 아침이라 그런지 벌은 보이지 않고 자그마한 베짱이가 잎에 붙어 있다. 동화 속의 베짱이는 게으르고 어리석은 모습이다. 하지만 지금 보니 꼭 그렇지만도 않은 것 같다. 베짱이는 겨울이 되기 전에 나뭇잎이나 나무껍질 속에 알을 낳고 죽기까지가 한 세대다. 그 한 세대가 곧 1년인 1화성곤충이다. 그러니 특별히 저축할 이유가 없다. 베짱이에게 노동은 어리석은 행위일 뿐이다. 생각해 보면 베짱이는 필요 이상의 일을 하지 않는 현명한 곤충이라 할 수 있겠다.

오늘의 일진

밤새 정원에서 웃을 만한 좋은 일이 생겼는지 입 다물고 있던 하얀 도
라지꽃이 활짝 웃었다. 곁에 있던 봉숭아도 꽃을 피웠고 키 큰 글라디
올라스도 꽃잎을 열었다. 무슨 일인지 나도 덩달아 행복해진다. 정원
을 즐기는 방법에는 여러 가지가 있을 것이다. 그냥 보고 즐기기나 또
는 산책을 하며 즐길 수도 있다. 나는 뒷짐 지고 산책하며 즐기기보단
직접 일을 하며 즐겨야 그 묘미를 알 수 있다고 생각하는 편이다.

　요즘엔 즐기는 방법을 하나 더 추가하였다. 엎어지면 코 닿을 거리
지만 가끔 점심도시락을 싸서 정원 일을 하러 간다. 생각만 해도 이
건 일터가 아니라 소풍이라는 생각이 들어 가슴까지 두근거리곤 한
다. 오늘은 일할 생각 없이 정원을 둘러보다 쉼터에 블록이 쌓여있는
것이 보였다. 참새가 방앗간을 그냥 지나치지 않듯 나 또한 일을 보고

———
피어나는 글라디올러스와 씨를 맺은 안개꽃

그냥 지나칠 수 없었다. 일에 대한 유혹을 느꼈다. 결국 예정에 없던 일을 하기로 했다. 작업복으로 갈아입고 수평계와 직각자를 들고 와 하나하나 깔기 시작했다. 완성되어 가는 모습을 보고 있자니 멈출 수 가 없어 점심시간도 잊어버렸다. 시간이 얼마나 흘렀을까. 점심을 달 라며 남편이 찾아왔다. 준비해 둔 것을 혼자 먹으라고 하고 계속 일을 하고 있었다. 하지만 남편의 말을 듣자 나도 배가 고프기 시작했다. 그러나 난 일이 끝나기 전에 일어날 생각이 없었다. 붉은 벽돌 사이로 드문드문 짙은 갈색벽돌을 넣어가며 깔아보니, 재미가 있어 이게 예 상외로 내 적성에 맞는구나 하는 생각이 들었다. 어느덧 노동의 피로 도 잊었다.

일이 끝나갈 무렵 남편이 혼자 놀며 밥을 먹은 게 미안했는지 점심 을 챙겨왔다. 비상용으로 싸둔 우동을 끓여왔다. 살다 보면 이런 날도 다 있구나 싶었다. 나는 남편에게 하던 일을 마무리하고 먹을 테니 나 무 그늘 밑에 점심을 두고 가라고 했다. 얼핏 보니 제법 고명도 많이 올라가 먹음직스럽게 보였다. 김 가루도 뿌려져 있고 아침에 삶아둔 계란도 반쪽으로 나눴는지 노른자가 두 개 보였다. 그 위에 썰어둔 파 도 동동 떠 있고 깍두기도 보인다. 일도 잘 되어 가고 점심도 있으니 서두를 것이 없었다. 새소리 들어가며 한결 느긋하게 일을 했다. 국물 이 다 식어갈 무렵 하던 일을 끝내고 튤립나무 밑으로 갔다. 생각보다 고명이 많다 싶었다. 그릇을 드는 순간 이게 아니라는 걸 알아챘다. 내가 고명이라고 생각했던 음식은 고명이 아니라 새가 찌-익 싸두고 간 새똥이었던 것이다. 그제야 나는 나무를 올려다보며 눈을 흘겼다. 이렇게 째려본들 내 이 일을 어찌하겠나.

뜬금없는 생각들

붉은 산딸나무 아래서

만물이 자연 발생한다는 이론을 받아들이던 시대가 있었다. 아주 오랜 옛날이었다. 서양 최초의 생물학자이며 자연학자로 인정받고 있는 아리스토텔레스도 이러한 이론을 받아들였다고 한다. 고기가 분해되어 구더기가 되고, 야채가 썩으면 곤충을 낳는다고 생각했다고 한다. 린 마굴리스Lynn Margulis와 도리언 세이건Dorion Sagan이 공동으로 펴낸 『What is Life?』라는 책을 보면 서기 1,000년경 피에트로 다미아니 추기경은 열매에서 새들이 부화되고 조개껍질에서 오리가 태어났다고 주장했다. 그러다가 피렌체의 의사이자 시인인 프랑체스코 레디Francesco Redi, 1626~1697가 자연발생을 부정하는 실험을 했다고 한다. 구더기가 파리 때문에 생겨나지, 부패해서 그렇게 되는 것이 아니라고 했다. 그러나 기존의 학자들은 다수의 힘으로 실험에 모순이 있다며 인정하지 않고 즉각 폐기시켰다고 한다. 요즘 우리사회에 일어나는 일들을 보면 이와 비슷한 일들이 많이 일어나고 있다는 생각이 든다. 이럴 땐 자연 속을 노닐며 머리를 식히는 것이 최선이다. 어수선하던 머릿속을 식힐 요량으로 자연을 향해 시선을 돌린다. 이때 파랑새 한 마리가 전깃줄에 날아와 앉았다. 부리와 다리가 주홍색을 띄고 있으니 눈에 확 들어온다. 그 시대엔 개똥벌레조차도 영롱한 이슬에서 생겨났다고 주장했다. 그렇다면 저 파랑새는 무슨 열매를 먹고 생겨났다고 주장했을까 하는 생각을 해 보았다. 그런 생각을 하며 여름날을 보내고 있다.

그곳이 어디인지

거실에 앉아 노곤한 여름날의 풍경을 즐겨 본다. 지금까지 만
난 많은 인연들이 머릿속을 쏜살같이 스쳐 가고 있다. 그러다
문득 한 인연이 떠오르고, 생각이 멈춘다. 그리고 "내게 어디
로 가느냐고 묻지 말라莫問自我何處去, 막문자아하처거"고 한 스님
의 열반송이 떠올랐다. 생각과 함께 시선은 곧장 책장으로 옮
겨 갔다. 그곳엔 2003년에 프랑크푸르트 도서전 조직위원회가
'가장 아름다운 책 100선'의 하나로 선정한 한국의 '사찰 꽃살
문'도 꽂혀 있다. 그리고 꽃문花門, 한 줄기 빛, 수미단, 자연, 사
찰벽화 등 스님의 영상작품집들도 나란히 자리하고 있다. 그
옆엔 2008년 11월 스님이 입적한 그 시간에 멈춰져 있는 빛바
랜 달력이 놓여 있다.

경기도 가평의 백련사 사찰꽃살문의 아름다운 사진이 담겨
있다. 양옆엔 문의 절반쯤 되는 세로로 난 고정된 창살이 있
다. 그리고 가운데 문은 세로문살에 위, 중간, 아래 세 부분이
격자로 이루어져 있다. 왠지 문이 단정하고 정직해 보이며, 보
고 있자면 마음까지 고요해져 온다. 실내에서 바깥 빛을 보고
찍은 문이다. 방바닥에 비친 일렁거리는 문살은 또 다른 세상
으로 들어가는 문인 듯해 보인다. 가는 곳을 묻지 말라 했지만
시도 때도 없이 궁금해지는 그곳이다. 그러나 오늘 문득 느꼈
지만 스님은 당신이 가는 곳을 이미 작품으로 남기지 않았을

Living Art Ahopsan Garden

까 하는 생각이 얼핏 들었다. 어쩜 방바닥에 일렁거리는 저 문 안으로 들어가시지 않았을까? 스님이 2005년 마지막으로 펴 낸 명상사진집 『깨우침의 빛』의 첫 장에 "살*아*있*는*것*은* 모*두*행*복*하*다"라는 제목은 오늘도 날 울컥하게 한다.

그곳이 어딘지

오늘은 쉬는 날

농사짓는 사람에게는 달력의 빨간 날은 큰 의미가 없다. 빨간 날이라고 쉬었다간 농사를 그르치기 십상이다. 모든 것에 때가 있듯이 농사도 농번기엔 한눈팔 수 없는 생활의 연속이다.

농부에게도 쉴 수 있도록 달력의 빨간 날이 아니라 비 오는 날이 있어야 한다. 며칠간 무리하게 일을 하다 어제 내린 비로 쉬고 나니 좀 살 것 같다. 비로 인해 녹음은 더욱 푸르러지고 세상은 맑아졌다. 여기저기에서 풀들이 세상 만났다는 듯 싱그럽다. 빨간 장화를 신고 호미와 낫을 들고 밭으로 나가 본다. 서양톱풀이 핀 풀밭을 보고 있자니 1503년 극도로 정밀하게 늦봄을 표현해 그린 알브레히트 뒤러의 '웃자란 풀밭'이 떠올랐다. 내가 좋아하는 그림 중의 하나이다. 서양톱풀과 민들레, 질경이, 데이지, 꼬리풀, 애기이삭 띠가 싱그럽게 이웃하고 있는 풍경이 평화롭고 거짓 없이 소박하게 보인다. 애너 파보르드의 '2천년 식물 탐구의 역사'를 보면 뒤러는 "자연 속의 생명체는 진실을 드러낸다"고 했다. 그리고 참된 예술은 자연 속에 있다고 했다. 자연에서 아름다움을 끌어낼 수 있는 사람이 예술을 소유하게 된다고 했다. 절로 고개가 끄떡여진다.

단단히 준비하고 나왔지만 오늘은 왠지 저 풀밭을 매서는 안 될 것 같아 한참이나 앉아 있었다. 풀밭을 쳐다보며 상념에 젖어 있다가 가끔 하늘도 쳐다봤다. 구름은 시간이 지나도 같은 자리를 지키고 아무런 움직임도 없는데 정적을 깨는 듯 이름 모를 새소리가 들려왔다. 호미와 낫을 챙겨들고 집으로 발걸음을 돌렸다.

허브정원에서

사랑할 수밖에 없는
나의 주치의

중세유럽을 지배했던 종교적이고 사색
적인 생각들은 점차 현실적인 사고로
바뀌었다. 16C에 들어 모든 것이 종교

적인 제약에서 벗어나 다양한 영역으로 자리를 넓혀 갔다. 사
람들은 점차 합리적이고 과학적인 사고방식으로 사물과 상황
에 접근하기 시작하였다. 식물에 대한 연구도 활발하게 시작

되었다. 식물을 연구하게 된 동기도 다양했으나 역시 의학연구와 밀접한 관련이 있다. 약재상이나 의사들이 원예가가 될 수밖에 없었던 시기이기도 했다. 식물을 관찰하고 약초의학서를 만들며 화가들의 도움을 받아 식물학 르네상스의 기반을 닦았다. 그리고 중세수도사들의 자급자족 생활을 통해 정원에 약용식물과 과수류를 함께 재배하였다. 그것을 허브 가든의 시초라 하고 있다.

허브는 향이 있으며 인간에게 유용한 식물이라고 정의하고 있다. 내 작은 정원에도 인도와 유럽이 원산지인 국화과의 캐모마일Chamomile이 하얀 꽃을 피웠다. 캐모마일은 차로 마실 수도 있다는 것이 장점이다. 먼저 뜨거운 물을 담아 그 위에 흰 꽃 5개 정도를 띄운다. 그렇게 3~4분 정도 지나면 색이 우러난다. 그때 마시면 된다. 경험에 의하면 캐모마일은 어떠한 약보다도 불면증에 도움이 된다. 개화한 지 2~3일째 된 꽃이 향도 좋고 맛이 있다. 겨울에도 차를 즐기려면 꽃을 충분히 말려 밀폐된 병에 산화 방지제를 넣고 빛이 닿지 않는 곳에 보관하거나 냉동실에 보관하면 된다. 감기뿐만 아니라 냉증이 있는 사람에게는 몸을 따뜻하게 하는 효과가 있다고 한다. 이젠 어엿한 우리 집 주치의 역할을 하고 있다. 이러니 나에게 캐모마일이 없는 정원은 상상할 수가 없다.

소리정원

6월 중순 안개꽃은 지고 씨앗이 누렇게 여물어 가고 있다. 글라디올라스는 꽃피울 준비를 끝내고 내일을 기다리고 있는 것 같다. 올해는 녹색 꽃 구근을 심었는데 과연 꽃이 피면 어떨까 은근히 기다려진다. 옆에서 자라는 대추토마토도 제법 엄지손가락 한마디만큼 커져 있으나 아직 익을 때는 멀었다. 풀 매느라 땅만 쳐다봤지 위를 쳐다보지 못했는데 참죽나무는 언제 꽃을 피웠는지 벌써 땅에 떨어지고 있다. 참죽나무의 원산지는 중국이다. 주로 마을주변에서 쉽게 찾아볼 수 있고 봄엔 어린 순을 나물로 먹는다. 가지 끝의 커다란 원추꽃차례에 자잘한 흰 꽃이 모여 늘어져 있다. 꼭 포도 씨같이 생긴 꽃이 무게감도 있어 땅에 떨어지며 툭툭 소리를 내고 있다. 아마 소리를 이렇게 낼 수 있는 것은 무게도 있지만 보통 20미터 정도로 자라는 참죽나무의 높이 때문이 아닐까 싶기도 하다. 꽃이 땅에 떨어지며 소리를 내는 모습은 처음 보았다. 땅엔 온통 흰 눈이 내렸듯이 하얗다.

참죽나무 높이에는 한참 못 미치지만 위로 쳐다봐야만 꽃이 보이는 헛개나무도 올해는 어마어마하게 많은 양의 꽃을 달고 있다. 자잘한 꽃이 엉성한 머루송이처럼 모여 피었다. 향기 또한 달콤하다. 벌들도 꽃의 양만큼 많이 모여 윙윙거린다.

벌을 부르는 헛개나무꽃

꿀이 많이 들어 있는 아까시나무는 꽃 한 송이에서 하루 평균 2.2마이크로리터 정도 되는 양의 꿀이 생산된다고 한다. 그런데 최근 품질개량을 한 헛개나무는 그것의 두 배에 이르는 4.15마이크로리터를 생산해 밀원식물로 주목받고 있다고 한다. 처음 비가 시작될 때 떨어지는 빗방울 소리같이 꽃이 뚝뚝 떨어지는 소리와 벌들이 윙윙거리는 소리가 정원을 가득 채운다. 양지바른 곳에 피어 있는 키가 큰 디기탈리스 꽃대는 굵은 철사 지지대로 고정해 두었다. 그 끝이 위험해 빈 요구르트 병을 꽂아 둔 모습을 보고 많은 사람들이 궁금해한다. 그 빈 병도 바람이 지나면 달그락거리는 소리를 내고 있다.

진정한
아름다움이란

논 위로 까마귀 떼가 날아든다. 올해는 찔레꽃가뭄이 없어 모내기가 무사히 끝났다. 멀리서 봐도 제법 모들이 자리를 잡고 잘 자라는 모습이 흐뭇하다. 비가 오고 난 뒤의 논은 빗물에 약간 잠겨 있다. 물이 찰랑거리는 논에서 백로가 몇 마리씩 노닐고 있다. 물가에서 움직이지 않고 먹이를 기다리는 새가 있

현관에 들어서며

는가 하면 논둑에서 기다리는 새도 보인다. 한참을 지켜봐도 물속으로 고개를 숙이는 일은 없고 오직 기다릴 뿐이다.

아주 오랜 옛날, 인류는 농업을 시작하면서부터 새로운 도약을 하게 되었다. 약 1만 2000년~1만 5000년 전 시리아^{Siria}의 '비옥한 초승달 지대'에서 시작한 농업이 이렇게 지구 곳곳에서 이어지고 있다. 인류는 쌀, 밀, 옥수수를 통해 주된 칼로리를 섭취하고 있다. 쌀은 밀에 비해 단위면적당 생산량이 3~4배 많다. 그것이 바로 아시아가 밀생산지인 유럽보다 인구가 많은 이유라고 한다. 식물은 인류의 생명줄인 곡물을 끊임없이 생산하고 있다. 동물은 이산화탄소를 만들어 내고 있으나 식물은 이를 흡수하여 산소로 바꾸어 주어 인류를 포함한 모든 동물의 삶을 유지하게 한다. 그러니 내 어찌 식물을 사랑하지 않겠는가. 식물과 함께하는 전원에서의 삶에 감사하며 문득 루소의 이념을 생각해 보았다. 그는 전원에서의 삶은 곧 자유라 했다. 그리고 이는 진정한 아름다움이라 하였다.

빈센트 반 고흐와
해바라기

———

일평균 기온이 섭씨 20도를 넘었다. 여름은 이미 시작되었다. 한낮의 땡볕에 시간도 잠시 쉴 것 같은데 하늘엔 굉음을 내며 비행기가 지나간다. 뒷산에서 종일 들리는 엔진 톱 소리 때문인지 새소리도 들리지 않는다. 정원엔 바람이 부는지 나뭇잎들이 흔들리고 있다. 6월 초순부터 피어나기 시작한 디기탈리스가 총상總狀꽃차례로 약 30센티미터 정도의 길이로 피어 있다. 디기탈리스의 잎에서 심장병에 처방하는 디기탈린 화합물을 추출하고 있다. 이 약의 부작용은 색채구별 능력에 변화가 생긴다는 점이다. 그러나 빈센트 반 고흐의 주치의 폴-페르디닝 가세Paul-Ferdinand Gachet는 이 약을 고흐에게 처방했다고 한다. 어쩌면 그래서 고흐의 대부분의 작품이 노란색으로 나타난 것일지도 모른다는 추측설이 있다.

정원에서는 이렇게 고흐도 만날 수 있는 과거로의 여행을 떠나기도 한다. 과거로 여행을 떠나 그 시대 사람들을 만나기를 즐긴다. 그럴 때마다 삶이 조금 더 풍요로워지는 것 같다. 디기탈리스 옆에 심어 둔 해바라기도 내 얼굴만 한 크기의 노란 꽃을 활짝 피웠다. 식물들도 나름 전략이 다 있겠지만 해바라기만큼 과학적인 꽃이 또 있을까 싶다. 해바라기는 피보나치수열의 원리를 이용해 공간낭비를 하지 않는다. 씨앗의 각

도도 대략 135도의 황금 각으로 배열되어 있다고 하니 놀라울
따름이다. 의도하지 않고 나란히 심은 두 꽃을 볼 때마다 고흐
의 작품이 생각난다. 그가 노란 색채를 즐겨 사용한 것이 정말
약의 부작용 때문이었는지 확실히 알 수 없지만, 우리 모두는
그의 작품을 사랑하고 있다. 고흐의 자화상 속 눈빛을 보면 마

치 어떤 메시지를 보내려는 것처럼 보이기도 한다. 그 눈빛 속으로 또 금방 주-우욱 빨려 들어갈 것만 같다. 그러나 이글거리는 태양과 해바라기를 볼 땐 그림이 캔버스 바깥으로 뛰쳐나올 것처럼 보인다. 그럴 때마다 난 무언가에 도전하고 싶어지기도 하고 가슴이 울렁거린다.

다윈은 아담과 이브를
신화의 영역으로 퇴각시켰지만

———

6월이 되자 무화과 열매가 굵어지기 시작했다. 빨간 햇살을 머금고 끝부분이 붉게 물들었다. 금방이라도 벌어질 것만 같았다. 생각만으로도 달콤함이 입 안 가득 퍼지는 것 같다. 무화과는 한동안 내 시선을 꽉 붙잡을 것이다. 무화과나무의 줄기를 자르면 하얀 유액이 흐른다. 여기에는 알카로이드 등 여러 약효가 있어 살충효과가 있다고 한다. 그래서 옛날 시골 재래식 화장실에 구더기가 많이 생기면 무화과 잎을 화장실에 깔아 주기도 했다. 그 무화과 잎이 태초의 인류이야기에 등장하는 아담과 이브가 입은 치마였다고 한다. 그러니 그때도 무화과 열매가 있었다는 것이다. 그런데 달콤한 그 열매를 두고 왜 그들은 사과를 따 먹었을까? 악마의 유혹이라 했던가. 무화과 열매로 족했다면 인류의 역사는 어떤 이야기로 진행되었을까 하는 상상을 해 본다.

아담과 이브를 빼고 서양사와 문화를 이야기하기 어렵다. 이들의 이야기는 철학뿐만 아니라 문학과 예술에 이르기까지 다양한 장르에 커다란 영향을 끼쳤다. 사과는 영장류가 처음 등장할 무렵부터 지구상에 있었다고 한다. 오늘날 과일을 대표한다면 무엇을 꼽을까 생각해 본다. 내 생각으로는 사과를

꼽아도 손색이 없을 것으로 보인다. 옛 문헌을 보면 그리스시대까지만 해도 나무에서 열리는 먹을 수 있는 모든 열매를 애플Apple이라고 했다고 한다. 그러니 아담과 이브가 따 먹은 것이 어쩜 사과가 아닌 무화과일 수도 있다는 생각을 해본다. 이런 쓸데없는 생각에 슬며시 웃음이 나니 이 또한 아니 즐겁겠는가.

차나무 꽃향기

상상의
우주적 사색정원

하얀 나비를 뒤로하고

브레이크스루 스타샷Breakthrough Starshot프로젝트는 물리학자 스티븐 호킹Stephen Hawking과 러시아 벤처투자가 유리 밀러Yuri Milner가 주도하는 우주돛단배 프로젝트이다. 이 프로젝트는 얇은 돛을 단 우주선에 레이저를 쏘아 바람을 받는 것처럼 속도를 내게 하는 방식으로 진행된다. 우주에서는 공기저항이 없기 때문에 가속도가 붙는다. 그렇기 때문에 비행이 가능하

Living Art Ahopsan Garden

다고 과학자들은 말하고 있다. 생전에 스티븐 호킹은 이 기술이 앞으로 20년 후면 가능할 것이라고 전망했다. 이 프로젝트가 시행되면 앞으로 화성은 1시간 내로 갈 수 있고, 명왕성도 하루면 갈 수 있다고 한다. 상상이 되지 않는다. 세상은 점차 빠르게 발전해 간다. 불가능하리라 믿었던 일들이 코앞의 현실이 되어 인간의 생활을 바꿔 가고 있다. 1977년에 발사되어 반감기가 40억 년 되는 지구소식을 담은 CD를 탑재하여 40년 이상 날아간 보이저1호가 떠오른다. 보이저1호는 40년 동안 날아갔는데도 1광년을 못 갔다고, 현재는 성간 우주로 들어갔다고 한다.

밖엔 종일 비가 내리고 이런 날엔 이런 저런 생각으로 상상의 날개를 달며 즐긴다. 앞으로 화성까지도 이웃나라 가듯 쉽게 갈 수 있는 세상이 온다면 난 새로운 행성에서 지구에서 볼 수 없는 우주적 사색 정원을 만들어 보고 싶다. 모두가 본다면 눈물 콧물이 쏙 빠지게 하고도 왜 울었는지 설명할 수 없는 그런 정원을 만들어 보고 싶다. 그 정원이 구체적으로 어떤 정원인지 나 역시 알 수 없다. 다만 오래전 본 어느 미술작가의 설치미술작품이 떠오를 뿐이다. 그 작품은 바닷속에서 빨래를 널어 두고 샤워기로 샤워를 하고 직장으로 가방 들고 출근하는 모습을 형상화한 작품이었다. 비가 얼추 그친 모양인지 이제는 나뭇잎 끝에서 빗방울이 똑똑 떨어지는 소리가 들리기 시작한다. 똑, 똑, 똑.

원추리 아래서 호미와 함께

너 잘 살았니?

────

말하기보다는 듣기를 좋아한다. 생각을 많이 하는 편이다. 작은 생각에서 시작해 꼬리에 꼬리를 물고 시공간을 넘나들기를 좋아한다. 독서삼여讀書三餘라는 말이 있다. 겨울, 밤, 비 올 때를 독서하기에 적당한 시기라고 해 삼여라 한다. 그러나 난 비 올 땐 글이 통 머리에 들어오지 않는다. 그냥 빗소리 들으며 바느질을 하거나 이런저런 생각에 잠긴다. 여름소나기는 초록비가 되어 떨어지니 연약한 풀잎이 휘청거리고 있다. 빗소리와 함께 문득 찾아오는 그리움에 잠겨 본다.

지난 따뜻한 봄날이었다. 작은 음악회 때 마음이 따뜻한 지인으로부터 예쁘게 포장해 리본으로 묶은 호미 두 자루를 선물받은 적이 있다. 요즘 나의 생활은 호미와 낫과 함께하고 있다. 초등학교 졸업식 때 호미와 낫을 상으로 받은 친구가 불현듯 떠오른다. 호미와 낫을 상으로 받다니. 지금 아이들 같으면 상상할 수 없는 일이다. 하지만 그때 당시 시골에선 흔히 있는 일이었다. 똑똑한 그 친구는 영문과를 졸업하고 선생님이 되어 평생 학생들을 가르치며 사전과 더불어 살아가고 있다. 난 영어사전을 받았으나 사전 찾을 일 없이 낫과 호미를 벗 삼아 살아가고 있다. 이유 없이 마음 놓고 쉴 수 있는 비오는 오늘, 빗소리를 듣고 있자니 나 자신에게 반문해 보고 싶다. 너 지금까지 잘 살았니?

안개꽃 씨 한아름 안고

호박은 남아도나
오늘 애호박전을 먹지 못하는 이유

―――――

올해는 풍부한 일조량으로 애호박 생산량이
급증하여 지난해의 1/3 수준으로 가격이 폭
락하였다. 결국 트랙터로 밭을 갈아엎는 일이
생겼다. 예년 같으면 애호박을 한 포기에 4개
정도밖에 수확할 수 없었는데 올해는 2배 이
상을 수확하고 있다. 품종개량으로 수확이

늘어났나 했는데 실상은 그렇지 않다는 사실을 알게 되었다. 푹푹 찌는 폭염에 애호박은 지칠 줄 모르고 열매를 달고 있었다. 흔히 애호박은 흰가루병과 총채벌레, 잿빛곰팡이병이 발생하나 이 더위에 그것도 비껴가는 것 같다.

　연일 폭염경보를 알리는 마을방송도 흐물흐물 녹아내리는 듯 들린다. 작은 연못가 갈대 위에 개개비 한 마리가 '개개개, 삐삐'하며 울어 댄다. 개개비는 흔한 여름새로 주로 물가의 초지나 갈대밭에서 생활한다. 마을 앞으로 내천이 흐르고 있지만 이 산 밑에 어쩐 일로 보인다. 내 손 한 뼘 정도 크기의 개개비는 식물씨앗도 먹지만, 주로 곤충이나 양서류를 즐겨 먹는다. 내가 그냥 지나치지 않고 이 새에 관심을 갖게 된 것은 오래전 자연 다큐멘터리에서 본 영상 때문이다. 개개비가 개구리 등 다양한 사냥감을 잡아와 한 번에 삼키지 않고 나무가시에 꽂아두고 뜯어 먹는 걸 봤다. 어쩜 저런 생각을 다 했을까 싶어 무척 놀란 적이 있었다. 그러한 습성은 아마도 개개비의 조상에 의해 이어져 온 것이리라 짐작했다. 혹시 오늘 그 모습을 다시 볼 수 있을까 싶어 쪼그리고 앉아 기다렸다. 기다리는 사이 모기가 달려들어 여기저기를 물기 시작했다. 손으로 휘휘 내젓고 싶었지만 나의 거동이 개개비에게 들킬세라 가려운 것도 꾹 참았다. 주의가 흐트러질세라 온 신경을 개개비에게 집중하고 있었다. 이때 남편이 나를 부르는 소리가 들렸다. 호박이 많으니 전 부쳐 먹자고 부르는 소리였다. 눈치 없는 그 소리에 놀란 개개비가 휙 날아가 버렸다. 오늘 애호박전 부쳐 먹을 일은 결코 없을 것 같다.

철학자 같은 망태버섯

정원을 가꾸며 터득한
내 삶의 철학

───────

한여름 땡볕 아래에 피어 있는 붉은 샐비어가 강력한 생명력을 내뿜고 있다. 옛 그리스인들은 샐비어가 불멸의 생명력을 가져다준다고 생각했다고 한다. 중세기록에도 "정원에 샐비어를 기르는데 왜 죽어야 할까?"라는 문구가 있다고 한다. 당시에는 샐비어가 만병통치약으로 쓰였다고 한다. 현대의학에서도 살린Salene 등이 포함된 탄화수소를 함유한 기름을 추출하고 있다고 한다. 항균과 스트레스 해소는 물론 관절에도 좋다고 한다.

언젠가 호미를 들고 일을 하다가 다친 왼쪽 엄지손가락 마디가 자주 아프곤 했다. 오늘 문득 그런 생각이 들었다. 샐비어를 찧어 통증이 있는 부위에 붙여 두면 괜찮지 않을까 싶었던 것이다. 그 길로 꽃을 따러 나갔다. 바깥은 무척 더웠다. 정원은 한가로웠다. 여름 한낮 특유의 정적만이 흐르고 있을 뿐이었다. 손마디의 통증은 여전했지만 이런 순간의 느낌 또한 작은 행복으로 다가왔다. 물론 생각하기 나름이다. 누군가는 오늘을 두고 그저 그런 날이라고 말할 것이다. 하지만 난 대박을 꿈꾸는 사람이 아니다. 소소한 행복 찾기를 즐길 뿐이다. 이런 생각이 바로 정원을 가꾸면서 터득한 나름대로의 삶의 철학이다.

멀고도 멀었던
학교 가는 길

살랑살랑 부는 바람에 나뭇가지가 흔들리는 정원을 쳐다보며 빙그레 웃음 짓는다. 웃음이 나올 수밖에 없다. 정원 곳곳에 숨어 있는, 아니 그냥 널려 있는 행복을 주워 담을 생각을 하니 그저 웃음이 날 수밖에. 어릴 적 소풍을 가면 나는 다른 친구들보다 유난히 보물찾기를 잘했다. 친구들은 한 장 찾기도 어려운 보물을 나는 두서너 장씩 찾곤 했다. 어쩜 그 재미로 학교에 다녔는지 모르겠다는 생각이 들며 입가에 슬며시 미소가 번진다. 1시간 넘게 걸어야 갈 수 있는 학교에 6년간 결석하지 않고 다녔으니 말이다. 그 보물찾기가 아니고서야 무엇이 날 그렇게 학교로 이끌었을까 하는 생각을 해 본다.

문득 요절한 일본의 유명한 동요작가 가네꼬 미스즈金子みすず의 '학교 가는 길'이라는 작품이 떠올랐다. 그 작품 속의 주인공은 학교 가는 길에서 아무도 만나지 않길 원했다고 한다. 왜냐하면 홀로 사색하는 시간을 즐겼기 때문이라고. 길을 가는 동안 사색에 잠겨 이야기를 만들어 내려면 혼자만의 시간이 필요했다. 그런 이유에서 화자는 학교 가는 길엔 누구도 만나지 않길 원했다고 한다. 나도 학교 가는 길엔 혼자였다. 똑같

햇살 좋은 날

여름 *summer* 143

이 학교 가는 길이 멀었지만 어쩌면 서로 이렇게 달랐을까 하는 생각이 들었다.

난 그 먼 길을 걷는 동안 사람을 거의 만날 수 없었다. 이야기를 만들어 낼 발칙한 생각도 못 했다. 오직 사계절의 산과 들을 만났을 뿐이고 그걸 가슴에 차곡차곡 담았을 뿐이었다. 가슴 속에 담아둔 자연은 나의 자양분이 되었다. 힘든 세상을 살아갈 때마다 나는 종종 그 시절 속의 장면들을 꺼내어 보곤 했다. 전원생활이 수십 년 흐른 어느 날 내 삶이 어쩌면 정원에서 보물찾기 놀이를 하고 있는 것은 아닐까 하는 생각이 들었다. 다른 사람들 눈에는 보이지 않았을지 모른다. 그러나 내 눈엔 행복이라는 보물이 곳곳에 널려 있는 것이 보인다. 6년간 학교 가는 먼 길을 걸으면서 그런 능력을 차곡차곡 키워 왔던 것은 아닐까. 아무리 잡초 속에 꼭꼭 숨겨 두어도 난 금방 찾고 만다. 내일이면 또 다른 보물을 찾을 수 있을 테니 참으로 놀라운 일이다.

상대성 이론과
권력

투구벌레도 빛을 좇아

거실에 앉아 모처럼 비 그친 정원을 내다본다. 녹음 필터 역할을 하는 창가 산딸나무 잎사귀 아래의 한 부분이 빛에 일렁거리는 모습이 보인다. 왜 저 부분만 저럴까 싶었다. 생각해 보니 어제 비 때문이었다. 나무 밑에 둔 그릇에 빗물이 고여 빛을 반사하니 일렁거렸던 것이다. 아마 태양의 각도에 따라 곧 없어질 것이다. 세상 모든 일이 이처럼 맞물려 돌아간다. 원인없는 결과는 없다는 생각을 하다가 뜬금없는 생각이 날개를 달기 시작했다. 요즘 이 사회에 일어나는 현상들도 어쩌면 상대성 이론과 같다는 생각이 들었다.

알베르트 아인슈타인은 1915년 일반 상대성 이론을 발표했다. 시간과 공간이 절대적인 것이 아니라 경우나 상황에 따라 얼마든지 바뀔 수 있다는 이론이다. 영국의 천문학자 아서 스탠리 에딩턴은 아프리카의 한 섬을 찾아가 개기 일식 때 사진을 찍어 이를 증명했다. 우주는 중력에 의해 나름의 질서를 유지하고 있다. 상대성 이론은 질량이 큰 물체는 큰 중력이 있다는 사실을 입증하는 이론이다. 중력을 가진 이러한 물체가 시공간에 얼마든지 변형을 줄 수도 있다. 이것은 우주에만 적용되는 이론이 아니다. 우리의 삶 역시 마찬가지다. 법과 원칙도 경우와 상황에 따라 바뀔 수 있는 세상이다. 얄궂은 일이지만 그것이 현실이다. 권력을 쥔 존재를 해바라기하는 자들, 자기 잇속을 위해서라면 부정부패 역시 눈감아 주는 자들, 강한 자들 앞에서만 약해지는 자들이 있다. 그런 이들을 보면 우리가 사는 시공간도 곧잘 휘어진다는 사실을 알 수 있다. 상대의 권력이 크면 클수록 크게 휘어진다. 어렵게 개기일식을 이용해 증명하지 않아도 상대성이론이 증명되는 세상이다.

내일이 더 행복해지는
정원 가꾸기

———

울창한 녹음 사이로 하늘이 보였다. 빼꼼히 쳐다본 하늘에 구름 한 점이 흘러가고 있었다. 그 모습을 보다가 문득 이런 생각이 들었다. 그 옛날 지구가 처음 탄생했을 땐, 상상할 수 없을 만큼 빨리 회전하였다고 한다. 낮 길이가 5시간밖에 되지 않았다고 하니, 생각만 해도 어지럽다. 지금도 돌아가지만 어지러움을 느끼지 않고 살아가는 것이 신통방통할 뿐이다. 이런 생각은 꼬리에 꼬리를 문다. 오랜 세월 동안 엄청난 변화를 겪으며 다듬어진 보석 같은 지구에서 단 한 번뿐인 삶을 어떻게 살아야 할까 늘 고민한다. 그러나 인간에겐 종교라는 것이 존재한다. 보다 나은 삶을 살기 위해서 말이다. 이 얼마나 다행한 일인가. 옛 철학자 볼테르1694~1778도 만약 신이 존재하지 않는다면 신을 창조할 필요가 있다고 주장했다. 종교란 인간이 만든 최고의 걸작품이 아닐까 싶다. 내게는 종교 대신 정원이 있다. 나에게 정원 가꾸기란 행복한 삶을 살아가기 위한 일종의 방편이다. 처음 전원생활을 할 땐 그런 마음가짐이었다. '오늘 행복하면 되니 오직 오늘만 바라보자. 미래는 미래일 뿐이다.' 이런 생각을 했던 것이다. 하지만 최근에는 조금 달라졌다. 정원 가꾸기를 하면서부터 오늘이 행복하고, 행복한 오늘로 인해 내일은 더 행복해진다는 사실을 깨달았다.

정원 가꾸기

세상의 모든 시름 다 잊고 식물과 교감하며 정원을 가꾸다
보면 자연스레 건강해진다. 뿐만 아니라 식물을 통해 감정적
자극을 받다 보면 사랑이 움트고 매사가 감사하고 즐거워진
다. 거기에다 정원과 교감한 시간이 더해질수록 풍경은 많은
이야기를 만들어 내며 삶이 풍요로워진다. 그리고 내일이면
아름다운 꽃을 피워 화답을 해 주니 오늘보다 내일이 더 행복
해질 수밖에.

정원은
치유의 공간이다

단순히 물리적으로 자연을 가까이한 사람이 있고, 진정으로 자연을 사랑하는 사람이 있다. 이 두 사람은 확연히 다르다. 대체로 주위를 둘러보면 자연을 사랑하는 사람들은 대화 자체도 고상하다는 사실을 알 수 있다. 또한 선하며 남을 배려하는 마음도 남다르다. 그러니 주위로부터 비난을 받지 않을 뿐만 아니라 남을 비방하지도 않는다. 자연을 진정으로 사랑하는 사람들은 삶 자체가 시적인 것 같아 보인다. 그것은 아마도 어떤 틀에 갇혀 있지 않고 넓은 시야를 갖고 세상을 바라보니 가능한 것이 아닐까 생각해 본다. 나 또한 남을 배려할 줄 알고 군더더기 없는 시적인 삶을 살고 싶다. 그러나 마음을 그리 쉽게 다스릴 수 없는 것이 문제다.

오전 내 대빗자루를 몇 개 만들고 휴식을 취하고 있다. 빗자루 만드는 일 따위는 남자들이 나서서 해 주면 좋지 않을까 싶다. 허나 소중한 내 남편은 모르는 척하며 책만 읽고 있다. 그걸 보는 내 마음 속은 천불이 일어나고 있는 것 같았다. 그렇게 몇 번의 화탕火湯 지옥을 오가며 일을 끝냈다. 열어 둔 창문으로 나뭇잎 필터로 걸러진 기분 좋은 바람이 전해진다. 어느덧 불평했던 마음은 온데간데없이 사라지고 몸이 편안해졌

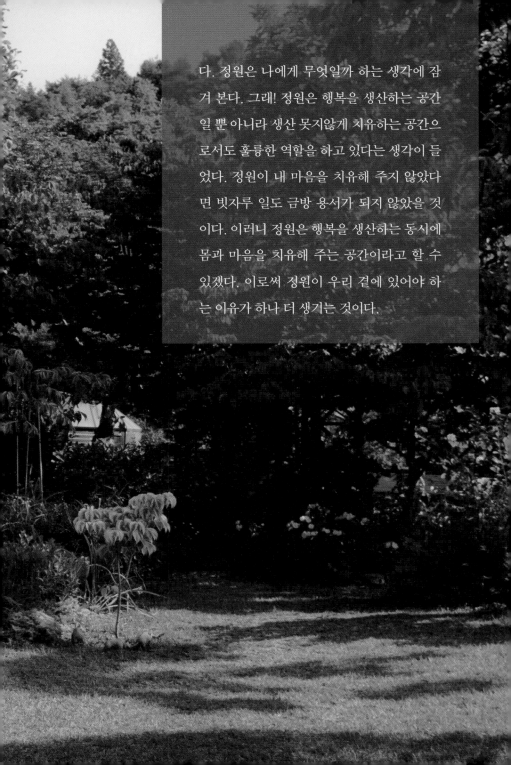

다. 정원은 나에게 무엇일까 하는 생각에 잠겨 본다. 그래! 정원은 행복을 생산하는 공간일 뿐 아니라 생산 못지않게 치유하는 공간으로서도 훌륭한 역할을 하고 있다는 생각이 들었다. 정원이 내 마음을 치유해 주지 않았다면 빗자루 일도 금방 용서가 되지 않았을 것이다. 이러니 정원은 행복을 생산하는 동시에 몸과 마음을 치유해 주는 공간이라고 할 수 있겠다. 이로써 정원이 우리 곁에 있어야 하는 이유가 하나 더 생기는 것이다.

그 옛날에도 피었던 접시꽃

까마득한 그 옛날에도
피었던 접시꽃

새색시 같은 분홍색 접시꽃이 피어 있다. 지지대를 해도 비바
람에 자꾸만 넘어진다. 오래전 이라크에서는 샤니다르 동굴
에 매장되어 있던 네안데르탈인의 시신을 발견해 화제가 되었

Living Art Ahopsan Garden

던 적이 있다. 학자들은 발견된 네안데르탈인이 6만 년 전의 시대에 살았던 인물일 것이라고 추정하고 있다. 그 시신 위에 놀랍게도 접시꽃이 놓여 있었다고 했다. 접시꽃이 피어 있던 어느 날 그가 맞이했을 죽음의 순간을 떠올리니 마음이 짠하다. 그리고 아무리 6만 년이 지났어도 시신 위에 접시꽃이 없었다면 사람들에게 이렇게 회자가 되었을까 하는 생각도 해 본다.

까마득한 그 옛날에도 피어났을 꽃이 이곳에서도 피어난다. 접시꽃이 여름날의 풍경을 만들어 내고 있다. 이 풍광을 보고 있자니 기원전 15세기경 그리스의 과학자 아낙사고라스의 '범종설汎種說'이 떠오른다. 그의 이론처럼 우리의 도처에는 생명이 종자의 형태로 퍼져 있다. 이러한 크고 작은 생명들이 지구에 도달할 때 인간과 함께 왔다가 떠날 때도 같이 떠난 것이 아닐까 하는 생각을 해본다. 허나 나로서는 알 수 없는 일이다. 하여간 세상은 오묘하다는 생각이 든다. 하늘을 쳐다본다. 답은 보이지 않고 다만 흰 구름만이 유유히 흘러갈 뿐이다. 이른 봄부터 접시꽃 옆에는 묵묵히 자리를 지키며 때를 기다리는 백합이 서 있었다. 백합은 오늘에서야 접시꽃 보라는 듯 하얀 꽃잎을 열었다. 그리고 진한 향기를 뿜으며 단번에 정원의 주인공이 되고 말았다. 그러나 접시꽃은 상관하지 않는 듯 그저 해맑은 얼굴을 하고 활짝 웃고 있다.

약한 바람에도
흔들리는 잎사귀

나무가 흔들리면 잎사귀들은 약
한 바람에도 일렁이곤 한다. 잎
사귀 하얀 뒷면이 살짝살짝 보
일 정도로 흔들리는 나무들이 있
다. 산책을 하다가 이런 나무군
락을 만나면 발걸음을 멈추고 하
염없이 쳐다본다. 그런 나무들
에게 자꾸만 눈길이 간다. 사시
나무는 잎자루가 길고 편평해서
약한 바람에도 흔들린다. 잎이
흔들릴 때 흰빛을 띤 뒷면이 살
짝 드러나기 때문에 백양白楊이
라고도 부른다. 뒷면이 더욱 흰
빛이 난다. 아름다운 은사시나
무는 사시나무와 은백양 사이에

바람이 지나가는 정원

서 태어난 잡종이다. 은사시나무는 내 정원에도 몇 그루 심어
보고 싶은 나무이다.

　6월의 녹음이 짙어지면 불현듯 떠오르는 그림 같은 추억이
있다. 바로 포플러나무에 관한 기억이다. 원산지가 캐나다인
포플러는 주로 길가나 강가에서 자란다. 그러나 이태리에서
수입해 왔기 때문에 이태리 포플러라 부르고 있다. 약한 바람
에도 흔들리는 잎사귀를 보고 있노라면 어쩌나 기분이 좋은지
모른다. 학창시절 점심시간만 되면 친구랑 운동장 옆의 못 둑
으로 달려가곤 했다. 그곳엔 포플러나무 두 그루가 심어져 있
었다. 우리 둘은 나무의 그늘 아래서 수틀을 안고 수를 놓기도
했다. 그 장면이 아름다운 그림처럼 떠오른다. 수틀 위로 일렁
거렸던 그림자는 지금 생각해도 생생하다. 그 흔들림이 다시
금 느껴지는 듯하다. 싱그러운 풀 향도 묻어나는 것만 같다.
페터 볼레벤의 『나무수업』을 보면 포플러는 해마다 2,600만
개의 씨앗을 생산하고 평생 1그루가 10억만 개의 씨앗을 생산
한다고 한다. 그러나 통계학적으로 살아남는 것 1개가 어른이
된다고 하니 놀랍다. 옛날엔 강변에서 흔히 볼 수 있었던 나무
였다. 그림에도 포플러가 서 있는 강가에서 아이들이 멱 감는
모습이 많이 등장했다. 여름날 나뭇잎의 흔들림만으로도 충분
히 더위를 잊을 수 있었다. 매미도 즐겨 찾고 구름조차도 머물
기 좋아하는 나무였다. 하지만 언젠가부터 점차 주변에서 보
기 어려운 나무가 되어 버려 못내 아쉽다.

싸리

싸리는 콩과식물이다. 싸리는 햇빛이 부족한 그늘에 자리하여 자라는 식물이다. 양분이 부족해지면 뿌리혹박테리아로 공기 중의 질소를 흡수하며 살아간다. 다 자라도 굵기는 어른 손가락 정도이고 키는 2~3미터에 이른다. 늦봄에서 초여름에 들어서야 팥꽃처럼 생긴 붉은 보라색 꽃을 피운다. 다른 꽃들에 비해 너무 수수하게 보여 어쩐지 섭섭함까지 느끼게 한다. 싸리는 우리나라의 어느 산에서든지 쉽게 볼 수 있는 흔한 나무다. 옛날 시골에선 싸리나무를 이용해 싸리문에 싸리비, 소쿠리 등을 만들어 생활에 유용하게 사용했기도 했다. 아이들이 싫어했던 나무이기도 하다. 싫어하는 데에는 그럴 만한 이유가 있었다. 아이들이 맞는 매가 주로 싸리나무로 만든 것이었기 때문이다. 아버지는 싸리나무로 만든 회초리로 아이에게 매를 들었고, 어머니는 마당의 싸리 빗자루를 매로 삼기도 했다. 그랬으니 아이들이 싫어했을 만도 하다는 생각이 든다.

이밖에도 싸리는 중요하게 쓰였다. 횃불을 붙이기 위한 묶음으로 쓰이기도 했고, 싸리를 이용해 화살대를 만들기도 했다고 한다. 싸리는 죽은 가지와 살아 있는 가지의 구분이 어렵다. 싸리는 줄기에 수분이 적다. 줄기를 보면 꼭 말라 죽은 것처럼 보인다. 하지만 봄이 되면 움이 튼다. 비 오는 날 생 싸리를 베어 와 불을 지펴도 잘 탄다. 연기도 나지 않고 화력이 강해 옛날 전쟁터에서 군수물자로서 중요한 역할을 했다는 기록이 있다. 연못으로 가는 곳에 소나무와 같이 뿌리를 내리고 있는 싸리를 볼 때마다 꽃을 많이 피워 존재감을 드러냈으면 하는 생각을 해 본다.

봄에는 싸리비로 꽃잎을 쓸고
여름에는 싸리비로 빗물을 쓸고
가을에는 싸리비로 낙엽을 쓸고
겨울에는 싸리비로 흰 눈을 쓰네

윤석중 작사·금수현 작곡, '싸리비'

'싸리비'라는 제목의 동요를 흥얼거린다. 싸리나 나나 그 존재감이 서로 별반 다를 것 없다는 생각이 들어 씁쓸해진다.

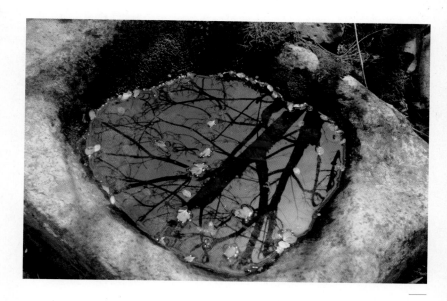

확에 빠진 나무

죽음은 무섭지 않으나
속옷을 보일까 봐 두렵다

―

상태가 불량한 쪽파를 파종했다. 그러니 잘 자랄지 걱정이 되
기도 했다. 장마가 끝난 뒤라 습하고 더울 때였다. 연신 물을
마셔 가며 풀을 매고 이랑을 만들었다. 종자가 부실하니 보통
날보다 거름을 많이 넣었다. 골을 타고 나란히 줄을 맞춰 놓아
본다. 반 이상이 죽다. 내가 지금 부질없는 짓을 하고 있지

―

새로운 출발을 향해

않나 하는 생각이 들기도 했다. 밭둑에 서 있는 가중나무 위에서 파랑새가 울어 댔다. 좀처럼 파랑새가 앉지 않는 곳이다. 울음소리가 신경질적으로 '켁켁'거린다. 꼭 나를 빤히 내려다보고 우는 것 같았다. "너, 그래! 이 더운 날씨에 일하다가 응급실에 실려 가고 싶나"라고 말하는 것 같았다. 얼마 전 TV에서 본 프로그램이 떠올랐다. 응급실에서 근무하는 의사 얘기가 등장하는 프로그램이었다. 의사의 말에 의하면, 응급실에서 마주치는 다양한 환자들 중에서도 자신을 가장 속상하게 하는 사람은 시골에서 일하다 쓰러져 오는 환자라는 것이었다. 환자의 속옷을 보면 민망함을 넘어 속이 상한다고 했다.

그의 말을 들으며 나 역시 당연히 그럴 수 있다고 생각했다. 작업할 때는 일부러 헌옷을 입고 일을 한다. 옷이 낡았을 뿐 지저분한 것은 아니다. 편한 옷을 입고 작업하면 무엇보다도 활동하기에 편하고 일의 능률도 오른다. 그러니 본격적으로 일할 땐 낡은 속옷을 입을 수밖에 없다. 나 스스로도 이런 속옷을 입고 병원에 갈까 봐 걱정해 본 적이 있었다. 그러면서도 일을 할 땐 낡은 옷을 챙겨 입는다. 그러니 오늘 파랑새의 울음소리가 마치 이렇게 들렸다. 그 속옷을 입고 더운 날 일하다 쓰러지면 어쩔 거냐고 걱정해 주는 목소리처럼 들렸다. 결국 오늘 해야 할 일을 다 끝내지 못했다. 더위 때문이 아니었다. 일이 힘들어서도 아니었으며 전적으로 속옷 때문이었다. 지금 땀내에서 해방된 그 낡은 속옷은 빨랫줄에 걸려 있다. 뜨거운 햇볕 아래, 바람에 기분 좋게 말라 가고 있다.

그림 속
여행

나는 종종 내가 그림 속으로 들어가는 상상을 한다. 그림 속으로 들어가 그림을 그리는 상상. 그림을 그리다가도 금세 구도를 바꿨다가 마음에 들지 않으면 또 바꾼다. 이런 저런 색상을 덧칠하며 그리기도 한다. 가끔은 다른 그림 속으로 들어가기 위해 여행을 하기도 한다. 지난 주말엔 배롱나무 꽃이 흐드러지게 핀 안동의 병산서원을 찾아갔다. 서원의 입구에 핀 붉은 꽃이 탐스러웠다. 마치 선비들의 학문에 대한 열정만큼이나 활활 타오르는 듯했다. 서원 앞에는 강물이 흐르고 있었다. 사람은 가더라도 저 강물은 언제나 변함없이 흐르고 있겠지 싶었다. 퇴계는 낙동강 변을 따라 청량산 자락까지 가는 길을 두고 그림 속으로 들어가는 길이라고 칭했다.

나는 오늘 산수가 청아한 그림 속에서 퇴계를 만났다. 따가운 햇살 때문인지 사람은 보이지 않고 맑은 물에 작은 물고기 떼가 헤엄치는 모습만이 눈에 들어올 뿐이었다. 그 그림 속에 푹 빠져 있었다. 그때 한 무리 젊은이들이 맨발차림으로 한쪽 어깨엔 고무보트를 메고 모래사장으로 들어서고 있었다. 저희들끼리 무어라 구호를 외치며 그림 속으로 들어오고 있었다.

집 뒤에 자리한 개량종 나무백일홍

낯선 이들의 등장에 나 홀로 즐기고 있던 정취가 달아나 버린
다. 나는 슬며시 그림 속에서 빠져나왔다. 함께 온 일행이 다
음 여행지로 떠나야 한다고 재촉한다. 그래 봉정암도 좋지, 라
는 생각으로 얼른 차에 올랐다.

오늘 저녁을 먹지 않기로 한 이유

———

어제도 종일 풀을 베었고 오늘도 새벽같이 일어나 풀을
베었다. 비가 자주 내리니 요즘은 금방 베고 돌아서면 또

베어야 한다. 몸은 천근만근이나 되지만 점심시간이라 식사준비를 위해 집으로 돌아왔다. 허리도 아프고 힘드나 아침에 일하러 나가기 전에 국과 반찬을 만들어 두었으니 차리기만 하면 된다. 이럴 땐 남편이 밉다. 일을 마치고 돌아온 내가 씻을 동안 좀 차려 주면 어디 덧나. 집 안에서 책만 보며 노는 사람이 식사 준비할 여유도 있을 텐데 그걸 안 해 준다.

함께 점심을 먹다 말고 내가 예초기 한 대 사자고 했다. 그러자 남편의 왈, 풀 벨 데가 어디 있어 그걸 사느냐는 것이다. 헉! 말문이 막힐 일이었다. 하긴 30년간 낫 한 번 잡아 본 적이 없는 양반이니 그걸 알 리가 없겠지 하고 체념하고 말았다. 낫이 기역(ㄱ)자라는 사실은 알고 있을까, 라는 생각마저 들었다. 남편이 덧붙여 하는 말이 더 걸작이었다. 가만있으면 덥지 않은데, 움직이거나 밥을 먹으면 덥다는 것이었다. 그 말을 들은 나는 소중한 남편이 덥지 않도록 오늘 저녁은 준비하지도, 먹지도 않기로 결정했다. 그러나 가슴 깊은 곳 한구석에서 뭔가 부글부글 끓어오르고 있었다.

속상하고
부끄럽다

후덥지근한 날씨만큼 우리 정부의 태도에 짜증이 난다. 린치를 가한 상대에게 간과하지 않겠다며 엄포를 놓고 있으나 국민들은 이러한 정부의 모습에 좀체 믿음이 가지 않는다. 국민이 납득할 수 있을 만한 대책이 있는지 묻고 싶다. 세계를 향한 여론전과 WTO를 통한 소송전을 한다지만 국민으로서 답답할 뿐이다. 시골에서 농사를 짓고 살아도 이러면 문제가 생길 것이라 조마조마했는데 역시 사태는 일파만파로 번지고 있다. 된장인지 똥인지는 찍어 먹어 보지 않아도 냄새로 알 수 있다. 풀을 베다 보면 풀 속 여기저기 구멍들이 많이 나 있는 걸 볼 수 있다. 어쩌다 뱀을 마주쳐 쫓으려고 하면 녀석은 쏜살같이 구멍으로 들어가 버린다. 이런 미물도 자기가 살길을 마련해 두고 사냥터에 나오는 것이다. 하물며 사람은 어떻겠는가. 대책을 마련해 두고 살아야 하는 게 맞지 않는가.

우리 역사를 보면 주변국으로부터 자유로운 적이 한 번도 없었다. 그들은 틈이 없으면 틈을 만들어서라도 침략을 일삼아 왔다. 그렇다면 공격은 못 할지라도 방어태세는 준비해 두어야 한다. 힘으로 역량이 부족하면 외교적으로 풀어야 한다.

그래서 외교관이 있지 않은가. 아무 준비도 없이 하고 싶은 말만 하다간 얻어맞는 것이 세상의 이치다. 상대 국가들은 경제 침탈의 야비한 검은 속내를 보이며 상대를 잡아 죽이려는 기세로 덤벼든다. 그런데 우리의 지도자들은 국가의 운명보다 자기 자리와 위신이 더 귀중한 모양이다. 국가가 아닌 고작 자신의 지위를 위해 목숨 걸고 있는 것 같아 걱정이 들고, 한편으론 참 부끄럽다. 장 폴 사르트르는 일찍이 말했다. "지식인이란 남의 일에 참견하는 사람이다. 정의와 자유, 선과 진실, 인류의 보편적 가치가 유린당하면 남의 일이라도 자신의 일로 간주하고 간섭하고 투쟁하는 사람이다."라고 정의했다. 그런데 최근 지식인의 적극적 사회참여를 말하는 이 '앙가주망engagement'이 화제가 되고 있다. 나라가 어지러운 이 시기에 어떤 사람이 자기는 앙가주망을 실천했다고 했다. 그러나 각계에서 거센 반론을 제기하고 나섰다. 최소한의 양심을 저버리는 짓은 하지 말아야 지식인이라고 반박하고 있다. 솔선수범을 보여야 하는데 남이 하면 안 되고 자기가 하면 괜찮다고 생각하는 자가 있다. 그런 자는 지식인이 아니라 위선자에 지나지 않는다. 그러니 앙가주망이라는 단어를 들먹이는 것은 어불성설이라고 하고 있다. 일반 시민들은 그냥 지켜보고 있을 뿐이지만 제각기 나름대로 다 현명한 판단을 하고 있는 것이다. 어쩌다가 나라가 이 모양이 되었는지 걱정스럽다. 지금 우리가 처한 상황은 앞이 보이지 않는 터널입구에 막 들어선 형국이다.

꽃은 피고 지는데

고소하다고
먹고 맛을 이야기해 줄까

어느 날 산 쪽 경계를 지나다 보니 개암나무 한 그루가 자라고 있었다. 심은 적도 없는데 잘도 자라고 있었다. 키가 그리 크지 않아 방치해 두었다. 여름이 되니 개암이 익어 먹음직스러웠다. 개암의 모양은 꼭 도토리를 닮았다. 도토리와 달리 개암은 잎이 변해 만들어진 포에 싸여 있다. 익으면 열매가 떨어지게 쉽게 포가 점점 벌어진다. 『조선왕조실록』에 개암은 제사과일로 등장한다. 고려 때도 제사를 지낼 때 개암을 놓았다는 기록이 있다고 한다. 서양에서는 이 열매에서 추출한 향으로 헤이즐넛 커피를 만드니 '헤이즐나무'라고도 한다. 옛날 그리스의 시인 헤오도스는 떡갈나무에 도토리뿐만 아니라 꿀과 벌도 열린다고 했다니 참 재미있다. 개암나무의 꽃차례는 수분의 매개체와는 아무런 관계가 없다고 생각했었다고 한다. 열매는 꼭 도토리와 닮아 얼핏 보기엔 참나무라고 생각할 수 있다. 그러나 개암나무는 자작나무과다. 수정이 끝나면 2개의 포에 싸인 열매는 포 속에서 여름 햇살을 받고 자라면서 고소

글라디올러스를 꺾어 들고

한 맛을 더해 간다. 그렇게 익어 간다. 사이좋게 붙은 채로 잘
익은 개암을 보면서 생각 중이다. 이것이 무엇인지도 모르는
남편에게 맛을 보여 줄까 아니면 혼자 먹고 맛을 이야기해 줄
까. 이 맛을 나만 알고 있으니 생각만으로도 고소하다.

검지손톱은 꼭두서니 꽃 색으로
물들고 있는 중

───────

어제 오후부터 몇 차례 마을안내방송을 했다. 큰 비가 올 예정이니 미리 주위를 살펴보고 안전에 대비하라는 것이었다. 지난밤은 세찬 빗소리에 잠을 설쳤다. 내일이면 처서다. 제법 단풍이 든 산딸나무 잎은 떨어지고, 바깥엔 바람이 불고 있다. 하지만 나무는 흔들리지 않고 굳건하다. 밤새 별일이 없었나 하고 우산을 쓰고 정원으로 나가 보았다. 감나무 밑엔 제법 굵고 멀쩡한 감이 여기저기에 떨어져 있다. 밭고랑도 물이 고여 있다. 고랑을 향해 발을 내딛으면 장화 안으로 물이 들어갈 정도이다. 키 작은 해바라기도 옹기종기 모여 사이좋게 지내더니 비바람에 이리저리 넘어져 고개를 땅에 박고 있다. 봉숭아는 피었다 지고 있다. 아직 남은 하얀 꽃이 보였다. 꽃을 손톱에 물들이면 물이 들까 싶었다. 그런 생각을 하다가 이상의 수필집에 실린 글 '성천기행成川紀行'이 떠올랐다. 그 글에 보면 '흰 봉선화도 꼭두서니 빛으로 곱게 물든다'는 대목이 있다. 이참에 확인해 보고 싶어 비에 젖은 흰 꽃잎을 따 손에 꼭 쥐고 돌아왔다. 백반이 없어 아쉽다. 종지에 넣고 작은 스푼으로 다져 검지손가락 손톱 위에 올려 본다. 랩으로 싸고 실로 칭칭

분홍색 봉숭아

감아 본다. 오늘은 어차피 일을 할 수 없으니 무슨 색이 나오는지 지켜볼 것이다.

꼭두서니는 우리 주변에서 흔히 볼 수 있다. 줄기는 네모로 각이 져 있고, 짧은 가시가 많은 여러해살이풀이다. 그냥 지나칠 때면 제 몸의 가시로 옷을 붙잡는 녀석이다. 뿌리는 약용으로 쓰기도 한다. 염료식물로서 자잘한 꽃은 연한 노란색을 띤다. 어린시절이 생각났다. 곱게 다진 봉숭아를 손톱에 묶어 둔 채로 잠에 들곤 했다. 손톱에 묶어둔 다진 봉숭아가 아침에 일어나면 사라져 있곤 했다. 사라진 봉숭아를 찾기 위해 이리저리 뒤척이기도 했던 기억이 난다. 자는 동안 꽃잎이 떨어졌기 때문일까. 봉숭아물은 손톱에 거의 물들지 않고 이불과 요에 물이 들은 적이 더 많았다. 그때 손톱을 보면 미색으로 흔적만 남아 있어 애통하게 생각한 적이 있었다. 지금 생각해 보니 그 색이 바로 꼭두서니 색이었다.

살아감에
있어서

———

세상에 어느 하루라도 분쟁이 일어나지 않는 날들이 없으니 은근히 미래가 걱정되기도 한다. 뉴턴은 2060년에 인간에 의해 세상의 종말이 올 것이라고 예언했다. 그의 말이 예사롭게 느껴지지 않는다. 일찍이 독일의 철학자 칸트는 국가 간의 평화동맹과 연합이 필요하다고 역설했다. 즉 평화는 대화와 화해의 노력이 필요하다는 이상론을 펼친 것이다. 지금 우리 지도자들은 평화를 위해 노력하고 있지만 하도 많은 아픔에 시달린 국민은 지도자들의 행보를 남의 일처럼 보고 있다. 환자들이 매번 좋은 신약이 나와 곧 치료될 것처럼 꿈에 부풀었다가 실망하는 것처럼 상황을 받아들이고 있다. 칸트보다 150년 앞서 살았던 영국 사상가 홉스는 현실적으로 긴장과 충돌이 불가피하다는 사실을 상기시켰다. 우리 또한 선각자는 아니지만 모두 오랜 경험과 역사적인 사실을 통해 알고 있다. 그러니 아무리 어렵고 힘들어도 타협을 해야 하고 우리는 기다려야 한다. 인간들은 싸움박질하느라 야단들이나 꽃은 소리 없이 피어 사람들을 감동시키고 있다.

내 작은 정원엔 한국 원산지임을 알리는 나무가 있다. 내가 무척 좋아하는 하얀 꽃을 피우는 노각나무가 그것이다. 노각나무의 학명 중의 종소명은 코레아나^{Koreana}로 이 나무는 이름 자체만으로도 한국 원산지라는 것을 알리고 있다. 노각나무는 전 세계적으로 7종밖에 없고 공해에도 매우 강하며 그중에 한국이 원산지인 종을 단연 최고로 친다고 하니 자랑스럽다. 그 향기 또한 튀지 않고 은은하다. 노각나무의 꽃이 피어 있을 동안 나는 매일 찾아가 코를 박고 향을 맡아보며 어지러운 세상사를 잠시 잊어 본다.

세계 최고의 노각나무

PART 3

가을

autumn

이곳은 숲속이나
고민 중

녹지비율이 높은 산림 둥지의 여름은 평지 여름 평균일수 158일보다 짧은 100일 정도라고 한다. 나무는 잎으로 강한 태양볕을 막아 그늘을 만들고 수분을 분출해 기온이 올라가는 것을 막아 준다. 인구가 밀집한 도시에 더 많은 녹지공원이 있어야 하는 이유이다. 도시 속의 녹지는 도시 평균기온을 현재 기온에서 3~7도가량 낮춰 준다. 습도도 적당히 상승시켜 쾌적한 환경을 만들어 준다고 한다. 여름날 파라솔 밑에 있는 것보다 나무그늘에 가면 훨씬 시원하게 느껴진다. 이는 다 같은 그늘이라도 나무그늘에서는 잎의 기공을 통해 식물 내부의 물이 수증기형태로 배출되기 때문이다. 배출된 습증기가 건증기로 변화하면서 주변의 온도를 내려가게 한다. 따라서 같은 지역이라도 녹지가 많은 동네가 여름이 짧아지게 된다.

세상 사람들은 여름이 덥고 습하여 견디기 어렵다고 빨리 가을이 오기를 기다리고 있다. 내가 사는 이곳은 벌써 가을이 도착한 지 한참이나 되었다. 저녁에 창문을 열어 두면 냉기에 뼈가 시리는 것을 느낄 수 있다. 해만 지면 이렇게 서늘한데 아무리 햇살 내리쬐어 봐라. 내가 에어컨 사는가. 그 돈 있으

면 호미와 낫을 살 거라고, 그래도 남으면 꽃씨 사겠다고 큰소
리쳤다. 그러나 요즘엔 미세먼지 때문에 마음 놓고 창문을 열
수가 없게 되었다. 인간이 만들어 낸 세계 최고의 살인마인 대
기오염 때문이다. 아무리 숲속에 산다고는 하나 버틸 재간이
없어 고민 중이다.

그래도 숲속이

까딱했으면
죽을 둥 살 둥 모르고 살 뻔했다

———

세상이 싫어서 산속으로 들어온 것은 아니다. 그렇다고 신선
이 되고 싶어서 자연으로 들어온 것은 더더욱 아니다. 그냥 조
용하게 그리고 조금 예쁘게 살고 싶어서였다. 사람에 따라 삶
의 가치를 다르게 볼 수 있으나 나에겐 아직도 이런 생활이 매
일매일 설레임의 연속이다. 이런 생활은 어느 날 문득 생각이
나 실행에 옮긴 것은 아니다. 수많은 날들을 고민하고 시골생
활의 어려움을 혼자 감당하기로 스스로 다짐하고 결정한 일
이다. 남편의 반대로 까딱했으면 도시에서 남과 경쟁하며 아
파트 몇 평 더 넓히려고 아등바등 살았을 것이다. 생각해 보면
10평 더 넓히면 뭐하고, 20평 더 넓힌들 뭐 그리 대수였을까
싶다. 세월이 갈수록 영원할 것 같았던 모든 것이 부질없다는
걸 깨닫게 되었다. 그 부질없는 것에 매달려 아까운 삶을 허비
할 이유가 없다. 가진 것 없어도 분수에 맞게 살면 행복해질
수 있다. 약간 불편하지만 없으면 없는 대로 살면 된다.

많은 사람들이 시골생활이 불편하고 힘들지 않느냐고 묻는
다. 당연히 그런 불편한 점도 있지만 눈에 보이지 않는 가치가
있다고 본다. 정원을 가꾸다 보면 타인이 아닌 자신의 내면을
바라보게 된다. 그리고 마음이나 정원에 어디 모난 곳이 없나
하고 찾아보게 된다. 모난 곳이 있으면 호미요정의 도움을 받

아 다스린다. 그러나 그 모난 부분을 모두 다 다듬었나 싶으면 또 다른 곳에 불쑥 생기곤 한다. 그러니 호미요정은 나를 다스리는 가장 필요한 친구가 된 지 오래되었다. 이런 친구와 함께 꽃 키우고, 나무 가꾸며 소박하게 늙어 가는 것이 예쁘게 사는 것이 아닐까 하는 생각을 해 본다.

정원에 파묻혀

이건 가을 풍경이지요

가을 풍경

감나무의 속명은 신을 의미하는 '디오스Dios'와 곡물을 뜻하는 '피로스Pyros'로 이루어져 '디오스피로스Diospyros'라고 한다. 이쯤 되면 최고의 식물이라는 걸 말할 필요가 없을 것이다. 당나라의 『유양잡조』에 감나무를 칭찬하는 일곱 가지(七絶, 칠절) 글이 실려 있다. 그중에 단풍이 아름답고, 열매가 먹음직스럽다는 이야기도 나온다. 요즘은 자고 일어나면 잎이 떨어져 훤하게 보이는 감나무의 감을 하나, 둘 세어 보며 하루를 시작한다. 오늘은 48개다. 날마다 한두 개씩 없어지고 있다. 나뭇가지를 기준으로 세기 시작하는데도 중간에 헷갈리기 일쑤다. 딱 한 번에 세는 일이 없다. 언제나 두세 번씩 센다. 그리고도 다음날 세면 어제보다 많을 때도 있다. 어떤 것은 붙어 있긴 한데 새들이 쪼아 반쯤 남은 것도 있다. 뭐 시험을 보는 것도 아닌데도 혼자 고민을 한다. 이걸 숫자에 넣을까 말까 쓸데없는 걱정을 해 가면서.

탱글탱글한 감들은 어느새 탄력을 잃고 쪼그라지나 그럴수록 감은 더욱더 달아진다. 그 모습을 보고 있자면 내 모습을 보는 것 같다. 감은 달기나 한데 난 뭔가 싶기도 한다. 이때 직박구리 한 마리가 날아들더니 새로운 감 하나를 찍어 댄다. 몇 번 찍어 먹고는 어디론가 폴 날아가 버린다. 먼 하늘엔 큰 새가 날고, 키 큰 참죽나무엔 먹을 것도 없는데 까치가 날아들고 있다. 추수가 끝난 논에는 볏짚이 가지런히 누워 있었다. 그런데 한낮이 조금 지나자 갑자기 커다란 기계가 나타나 소의 여물로 사용될 하얀 원기둥 모양의 건포사일리지를 만들어 흩어 놓았다.

할 일 없어
실컷 울어 봤다

――――

할 일은 만들면 된다. 그러나 오늘은 할 일이 없는 걸로 했다. 그러면서도 할 일 없는 오늘 무엇을 할까 생각하다가 그냥 울어 보기로 했다. 주위에 아무도 없으니 내 마음대로 실컷 울어 봤다. 이유 없이 울어도 눈물이 나는 것이 희한하다. 한참이나 울고 보니 힘이 빠져 우는 것도 저절로 멈춰졌다. 멋쩍어 거울을 한번 쳐다봤다. 눈이 벌겋다. 이유 없이 울었지만 다 울고 보니 그 이유가 보인다. 치유할 수 없는 굵은 주름이 패여 있는 내 얼굴이 낯설게만 느껴졌다. 귀밑머리도 하얗다. 이것만으로도 충분히 울고도 남을 일이다. 막상 이유를 찾고 다시 울려고 하니 눈물이 나지 않는다. 가만 생각해 봐도 답이 없다. 그러나 스스로 거울을 보지 않는 한 내 얼굴은 보이지 않는다. 늘 함께해야 하는 주위사람들에겐 어쩐지 미안한 생각이 드나 나로선 크게 상심할 일도 아니다. 이렇게 마음을 바꿔 보니 이런들 어떠하며 저런들 어떠하냐 싶고 더 이상 울지 않아도 될 것 같았다.

가을 연못 풍경

가을을 주워 먹다

제주도를 비롯해 남쪽지방은 태풍 콩레이로 한바탕 난리를 치렀다. 밤새 억수같이 퍼붓던 비는 아침나절이 되어도 조금도 줄어들지 않고 줄기차게 창을 내리치고 있다. 비설거지로 마당에 있는 테이블과 의자도 눕혀 두고 바람에 날아갈 만한 것은 모두 치웠다. 창문도 모두 닫았다고 생각했는데 아침에 생각해 보니 바깥 화장실 창문을 닫지 않은 걸 알았다. 이 일로 남편과 서로 잘못했다며 다퉜다. 바깥 태풍 콩레이 날씨만큼이나 집안도 티격태격 한바탕 난리가 났다. 비바람이 치는데도 난 비옷을 입고 창문을 닫고 왔다. 알았으면 당장 실천하면 될 일을 탓만 하니 답답하고 화가 난다. 태풍은 부산을 지나고 있다지만 비바람은 여전하다. 원초적으로 화를 다스리는 방법의 하나로 부엌에 들어가 우당탕거리며 설거지를 하고 있는데 밖에서 불러 댄다. 비바람에 떨어져 깨진 홍시를 주워 와 먹으라며 준다. 그걸 받아먹고 나니 화가 조금 풀리는데 한참 후에 또 부른다. 한 번에 주워 갖다주면 좋을 텐데 어린이가 여러 번 칭찬을 받기 위해 하나하나 갖고 오는 것 같은 생각이 들며 슬며시 웃음이 났다. 콩레이의 빠른 속도만큼 홍시 3개로 화도 빨리 풀렸다. 태풍 콩레이의 꼬리구름도 막 앞산을 넘어 북쪽으로 서둘러 넘어가고 있는데 밖에서 또 부른다. 이번엔 홍시가 아니라 온실이 부서졌다고 한다. 아이고! 이 일을 어쩌나.

우리를 슬프게 하는 것들

───

담가에 서 있는 대추는 제법 살이 올라 있다. 어릴 때 장독대 옆 대추나무 2그루가 있었다. 가을만 되면 수확해 실에 꿰어 기다랗게 염주같이 만들었다. 시원한 곳에 걸어 두고 말려 제 사나 명절 때 사용했다. 과수원집인데도 감나무가 없어 곶감 빼먹는 맛은 모르겠고 대추 빼먹는 재미는 잘 알고 있다. 그러 나 어느 정도 길이가 짧아지면 어른들로부터 주의를 들었다. 그럼 할 수 없이 또 다른 먹거리를 찾아 나선다. 중국에서는 대추 조棗는 빠를 조早와 같은 발음이라 빠르다는 의미로도 쓰 인다고 한다. 대추는 열매가 많이 달려 다산을 의미한다. 폐백 을 받으면 자손을 많이, 또 빨리 보라는 의미로 신부의 치마폭 에 대추를 던져 주는 풍습이 아직도 남아 있다. 몇 밤만 자고 나면 볼이 발그레 물들 것 같다. 대추를 보고 있자니 대추서리 하는 풍경을 담은 이달李達의 시가 떠오른다.

이웃집 꼬맹이가 대추 서리 왔는데(隣家小兒來撲棗, 인가소아래박조)
늙은이 문 나서며 꼬맹이를 쫓는구나(老翁出門驅小兒, 노옹출문구소아)
꼬맹이는 되돌아서 소리친다(小兒還向老翁道, 소아환향노옹도)
"내년 대추 익을 때까진 살지도 못할걸요(不及明年棗熟時, 불급명년조숙시)"

손곡 이달, '박조요(撲棗謠, 대추따기)'

작대기 들고 고무신 한쪽만 끌고 쫓아가는 노인과 죽어라고
도망가는 개구쟁이 모습이 그림처럼 선하다. 그때의 개구쟁이
는 세월이 흘러 작대기 든 노인이 되었는데, 대추 따 먹고 도
망가는 악동들의 모습은 찾을 수가 없다.

대추 대신 애기사과

같이 살기를 배우다

우리나라의 건국이념은 두루 잘 사는 '홍익인간'이다. 그러나 외국인이 본 우리나라의 가장 안타까운 점이 아이러니하게도 이런 정신이 없다는 것이다. 그러니 앞으로 더 나아가지 못하는 것으로 보고 있다고 한다. 독일 숲 생태연구가 페터 볼레벤 Peter Wohlleben의 『나무수업』을 보면 오래된 너도밤나무 그루터기는 광합성을 할 수 있는 잎이 없어도 오랜 세월 동안 생명을 유지할 수 있다는 사실이 적혀 있다. 그 비밀은 바로 뿌리를 통해 이웃의 지원을 받는 것이라고 한다. 이는 상대 뿌리 끝을 감싸며 자라 그 뿌리의 영양교환을 돕는 균들을 통해 이루어지거나, 직접 서로 뿌리가 뒤엉켜 하나의 뿌리처럼 결합함을 통해 가능하다고 한다. 독일 중부에 있는 하르츠Harz산지를 연구하는 학자들도 같은 나무종의 개체들이 대부분 그런 시스템을 통해 서로 연결되어 있다는 걸 입증한 바 있다.

나무도 이같이 사회적 존재다. 뿌리를 통해 다른 동료들과 영양분을 나누며 서로가 소중한 공동체 자산인 것을 알고 있다. 이웃나무가 죽어 땅이 파이면 서로 지탱하는 힘이 없어져 쓰러질 위험이 커진다. 경쟁자이지만 이웃의 소중함을 알고 있다. 병든 개체가 있으면 영양분을 나눠 줌으로써 죽지 않도록 도와준다. 나무도 함께하면 더 유리하다는 것을 오랜 세월 동안 함께 살며 터득해 온 것이다. 오래 산 나무 중에 일본 야쿠시마에 있는 조몬스기가 있다. 이 나무는 7200살로 알려져 있어 『아홉산 정원』에서 언젠가 소개한 적 있다. 하지만 나무의 실제 나이가 2700살이라는 사실이 최근 확인되었다. 자연에서는 이렇게 오래 사는 나무도 있다. 그러나 나무를 이식하여 조성한 인공 숲에서는 뿌리가 지속적으로 손상되다 보니 이런 네트워크가 없어 장수하기가 어렵다고 한다. 하물며 나무도 함께하면 더 유리하다는 걸 아는데 인간은 어떤가 묻지 않을 수 없다.

———
무보다 꽃이

한 잔의 차 속에

―――

오늘 나의 삶이 미래를 결정한다는 것은 당연한 이치다. 무슨 씨를 뿌리느냐에 따라 식물의 꽃과 열매가 달라질 것이다. 그러나 때로는 심은 것들을 다 거둘 수가 없을 때가 있다. 정원을 가꾸다 보면 다양한 변수가 생긴다. 이런 모습을 보면 자연과 우리 삶이 꼭 같다는 생각이 든다. 우주의 법칙과 우연의 조합이 어떻게 될지 아무도 모른다. 그러나 우린 항상 수확을 위해 준비해야만 한다. 성실한 사람은 악마도 유혹하지 못하며 하나님도 버리지 않는다는 격언이 있다. 그 말을 나는 믿는다.

지난겨울 추위로 찻잎이 말라 죽어 수확을 하지 못했다. 얼어 죽은 가지를 과감히 잘라 주었다. 이른 여름에 잎을 내더니 이 가을에 꽃을 피웠다. 식물도 항상 준비해 두었다가 환경만 되면 잎을 내고 꽃을 피워 살아남는다. 차 꽃을 보면 작년에 맺은 씨가 올해의 꽃과 같이 붙어 있어서 실화상봉수實花相逢樹라고도 부른다. 봄에 하얀 나비 같은 꽃을 피우는 병아리꽃 나무도 실화상봉수라는 사실을 정원을 가꾸며 알게 되었다. 꽃과 함께 쥐눈이콩보다 조금 작은 반질반질한 까만 씨가 떨어지지 않고 흰 꽃과 어울려 무척 아름답다. 병아리꽃보다 나비꽃나무가 훨씬 잘 어울릴 것 같은 이름을 가진 나무다. 하

얀 차나무 꽃은 다섯 장의 꽃잎으로 이루어져 있다. 차 맛 또한 고苦, 감甘, 산酸, 신辛, 삽澁 이 다섯 가지가 있다고 한다. 우리 선조들은 이 다섯 가지 맛에 의미를 부여하기도 했다. 살아감에 있어서 너무 힘들게도澁, 너무 티내지도酸, 너무 복잡하게도辛, 너무 편하게도甘 그리고 너무 어렵게도苦 살지 말라고 일찍이 알려주었건만 우리는 지금 어떻게 살아가고 있는가 생각하게 된다.

가는 세월을
눈으로 보고 있는데

10월의 정원은 차분하다. 아직 단풍이 없어 그리 화려하지 않지만 식물들은 제 할 일을 다하고 있다. 국화는 다양한 색의 꽃을 피우며 깊어져 가는 가을을 알리고 있다. 향기를 품은 털머위도 건강하게 샛노란 꽃을 피우고 서리쯤 문제없다는 듯 근엄한 표정을 짓고 있는 것 같다. 흰 꽃이 피는 쥐나물과 자줏빛이 도는 붉은 꽃을 피우는 꿩의비름도 한 달 이상 꽃을 피우고 있다. 지금은 색이 바래고 힘이 없어 보이나 씨앗은 더욱 여물어 가고 있을 것이다. 연못가엔 물봉선이 여름부터 그렇게 흐드러지게 피어 있더니 이젠 뜨문뜨문 꽃이 보일 뿐이다. 지금은 1.5센티미터쯤 되는 가느다란 꼬투리가 통통하게 배가 부풀어 있다. 때를 기다리는 모양이다. 함께할수록 자연은 늘 순수함과 자애로움으로 모두를 포근히 감싸 주며 다독여 주고 있다는 생각이 든다. 난 가만히 앉아 물소리 들으며 가는 세월을 눈으로 보고 있었다. 이때 작은 메뚜기 한 마리가 물봉선 꼬투리에 뛰어든다. 그 충격에 익을 대로 익은 씨방이 탁 터지며 씨와 함께 팅겨 나와 메뚜기가 물에 떨어졌다. 순식간에 일어난 일인데 물가 바위틈에 있던 개구리가 그걸 놓치지 않고 헛바닥으로 낼름 낚아챘다. 그리고는 흙탕물을 일으키고 사라졌다. 참으로 한가한 풍경 속에서도 이런 진실이 숨어 있다니 놀랍기만 하다. 오늘 문득 살아가는 것이 곧 수행이라는 생각이 들었다. 이 가을 오후가 한없이 길게 느껴지는 하루였다.

찰나의 순간에
영원을 산다

———

사마귀는 9~11월 초까지 교미를 하고 알을 낳는다. 이때 암놈
은 수컷을 잡아먹기 일쑤다. 오늘 놀라운 일을 목격했다. 알을
가득 밴 암놈끼리 싸움을 하고 있는 모습을 발견한 것이다. 싸
움은 좀체 끝나지 않더니 결국 한 마리는 다른 한 마리의 밥이
되고 말았다. 아프리카 부족 중 산족에게는 인간이 사마귀로
부터 태어났다는 전설이 있다. 그걸 보면 사마귀는 아주 먼 옛
날부터 인간과 가깝게 살았을 곤충이었으리라고 보인다. 사마
귀는 거미와 같이 동족상잔의 비극이 가장 많이 일어나는 종
이라는 걸 알고 있었지만 놀랍다. 현장엔 몸통은 다 먹어치우
고는 날개와 다리만 널브러져 있다. 그리고 얼마 지나지 않으
면 하얀 벽에 알을 낳아 껌 딱지같이 붙여 놓을 것이다. 그렇
게 겨울을 나고는 따뜻한 봄이 되면 수많은 새끼들이 껌 딱지
집에서 기어 나온다. 집은 얼마나 단단한지 손으로 뗄 수도 없
고 깨트릴 수도 없다. 그런데 어떻게 그곳에서 새끼들이 탈출
하는지 신기하다.

　긴꼬리산누에나방과 미국밤나무산누에나방 같은 곤충은
단백질을 소화시키는 성분인 엔자임이 침에 들어 있어 침으로
고치를 분해해 스스로 탈출한다고 한다. 그리고 어떤 고치의

경우는 안쪽에서 열면 열리지만 바깥쪽에서 밀려고 하면 닫히는 것도 있다고 하니 놀랍다. 아마 사마귀도 이 두 경우 중 하나일 것이다. 단단한 새알도 때가 되어 스스로 깨지는 것이 아니다. 알을 깨고 나오기 위해 새끼 주둥이 앞에 단단한 난치가 있어 그것으로 깨고 나온다. '졸탁동시啐啄同時'로 새끼는 안에서 쪼고 어미는 밖에서 찍어 세상으로 나온다. 알을 깨고 나오면 난치는 얼마 후 자연스럽게 떨어지는 걸 보면 경이롭다. 주변의 생명체들을 가만히 관찰해 보면 겉으로는 무심해 보인다. 하지만 그 이면에는 쉴 새 없이 생존을 위한 움직임이 있는 걸 알 수 있다. 삼라만상이 찰나의 순간에 영원을 산다는 생각이 불현듯 들었다.

두 마리 다 배에 알을 가득

두메부추 한 아름 꺾어 들고

소중한 인연

세월은 죽음과 삶을 안고 묵묵히 흘러가고 있다. 바람에 낙엽
이 이리저리 휘날리다가 한곳으로 모이기도 한다. 사람은 발
이 따뜻해야 잠을 잘 수 있다. 그처럼 나무들도 뿌리가 시리운
지 입고 있던 옷들을 벗어 포근히 발을 덮고 겨울을 날 준비를
하고 있다. 낭만으로만 보여 왔던 낙엽이 이젠 삶으로 다가온

다. 봄이 올 때까지 그 옷을 치우면 안 될 것 같다는 생각이 든다. 분명 많은 생명들이 그 속에서 그들만의 세상을 이루고 있을 것이다. 알 수 없지만 아마 그 속에선 오직 휴식만 있을 것이다. 먹고 먹히는 일은 일어나질 않으리라는 생각이 든다. 인간도 겨울엔 서로 측은지심만 생기는 코드로 바뀌었으면 좋겠다는 생각을 해 본다. 지난밤 별에서 쨍그랑거리는 소리가 날 것 같더니 아침엔 안개가 살짝 끼어 사방이 부옇다. 오늘은 손님이 오시는 날. 두 번째 만남인데도 왠지 오래전 알고 지내던 익숙하고 편한 사람들 같은 느낌으로 다가온다. 우린 자연을 끌어들여 실내에서도 꽃을 감상하기 위해 꽃꽂이를 한다. 이때 오랫동안 아름다운 꽃을 보려면 '컨디셔닝'을 해야 한다. 먼저 꽃을 자르면 바로 시원한 물에 2시간쯤 담가 줄기 끝을 딱딱하게 한다. 그러면 끈적한 수액이 나오지 않는다. 그렇게 하여 한 꽃의 수액이 다른 꽃에 영향을 미쳐 수명을 단축시키지 않게 한다. 이것이 컨디셔닝이다. 이렇게 서로를 위한 약간의 배려로 오랫동안 아름다운 꽃을 감상할 수 있다. 마찬가지로 소중한 사람을 만날 때 내 스스로 정원을 산책하며 '컨디셔닝'을 한다. 그리고 마음을 다스리고 정원의 소소한 이야기를 들려주길 좋아한다. 오늘 손님은 겸손하고 예의바름이 정원의 아름다운 이야기보다 더 아름다운 사람들인 것 같다. 가슴이 따뜻하고 아름다운 사람들을 만나게 된 인연을 먼 훗날까지 소중히 간직하고 싶다. 그런데 왜, 이리도 소중한 인연이 생겼는데 이 가을이 울컥해지는지….

아이야 청 쳐라

완월장취(玩月長醉)

창밖에 국화를 심어 국화 밑에 술을 빚어
술 익자 국화피자 벗님오자 달 돋아온다.
아이야 거문고 청 처라 밤새도록 놀리라.

작자미상의 이 시조가 좋아 흥타령으로 자주 흥얼거려 본다.
서늘한 바람이 분다. 살짝 외로워져도 좋은 계절이다. 둘러보
니 아무도 없는 것 같아 울컥한 마음을 숨기지 않는다. 서리
맞은 풀잎은 기가 죽어 있는데 국화는 꽃잎을 열려는 기미다.
바깥세상 염탐이라도 하듯 조심스럽게 꽃잎이 빼꼼히 벌어져
있다. 속이 노랗다. 어떤 찬 서리에도 이겨 낼 것 같은 단단한
색이다. 기도 절대 죽지 않을 것 같다. 달 밝고 때 맞춰 저 꽃
이 활짝 피는 날 약속이라도 한 듯 오래된 벗이 찾아오면 좋으
련만 하는 생각에 잠겨 본다. 인생이란 덧없는 한때에 불과하
니 저 달이 중천에 뜰 때까지만이라도 함께 놀아 보자꾸나. 술
이 없어도 좋다. 그윽한 국화차 한 잔에 취해 완월장취할 것이
다. 청칠 거문고도 현을 맞추어 두었다. 그리고 술대도 나란히
빗겨 두었다.

최고의 명약 풀매기

아리스토텔레스의 고전 『니코마코스 윤리학』은 지식이 아니라 의義를 실천하는 인격적 탁월성을 이야기한다. 인간은 결코 종족번식만을 위해 살아간다고 볼 수 없다. 함께 소통하는 사회적 삶이 중요하며 거기에 믿음이 있고 의義가 있을 때 건강한 사회가 될 것이다. 사회적 자극의 즐거움은 곧 행복으로 이어진다. 때문에 행복해지려면 소통이 있어야 한다고 말한다. 소통의 토대는 철학이라 본다. 서로 존중하며 함께 살아가는 규칙을 찾아가야 한다. 거기에 가치가 있다. 그런데 우린 철석같이 믿고 지지한 지도자로부터 믿음이 깨져 아파하고 상처받고 있다. 뇌가 느끼는 고통은 신체가 느끼는 고통과 똑같다는 사실은 과학적으로도 입증되었다. 겸손하고 양심적인 사람은 발 디딜 자리가 없고, 약삭빠르고 낯이 두꺼워 거짓말을 일삼는 사람만 세상에서 살아남는 모습을 주위에서 흔히 볼 수 있다. 이를 어떻게 봐야 할지 난감하나 세상은 그렇게 돌아가고 있다. 이 아픔은 육체의 고통이 아니라 뇌의 피로이므로 쉰다고 풀리지는 않는다. 감동이 동반되는 긍정적인 정서가 따라 줘야 치료할 수 있다고 말한다. 학자들의 연구에 의하면 설렘이나 가벼운 호기심, 모험, 그리고 신기함 등이 뇌가 좋아하는 일이라고 한다. 그러니 가까이서 찾을 수 있는 잔잔한 감동으로 빗소리, 바람소리 등 자연의 소리에 귀 기울여 봐도 좋

쓴 것이 약이 된다는 말은 용담 뿌리에서

을 것이다. 내 의지로 어찌할 수 없는 의義가 사라져 가는 이
아픈 현실을 극복하려면 어떤 일에 몰입하는 것도 좋은 것 같
다. 서로 어울려 살다 보면 서로 상처를 주고받기도 한다. 가
능하면 남에게 상처를 주지 않으려고 노력하고 있다. 그리고
어쩌다 받은 상처가 잡초처럼 정원 여기저기에 퍼져 있기도
하고 나뭇가지에 주렁주렁 달려 있을 수도 있다. 이럴 때 나는
땅속에 숨어 있는 잡초를 호미로 풀매기하듯 가슴 속의 상처
를 하나하나 뽑아낸다. 병든 나뭇가지를 전지하듯 마음의 아
픔을 삭둑삭둑 잘라 낸다. 이렇게 내면의 정원을 다듬으며 아
픔을 치유하고 있다. 무상무념이다. 나에겐 이보다 좋은 약은
없을 것이다.

내 마음대로 되지 않는 것이
세상일

———

햇살이 따뜻하게 내리쬐는 가을날이다. 나무에 전지를 해 주어야 하는데 남편만 믿다간 잘못하면 올해도 전지를 못 하고 겨울을 맞이하게 될 것 같다. 그렇게 되면 쉽게 할 수 있는 일을 힘들게 하게 될 것이다. 오늘은 첫 얼음이 얼고 바람소리만 들어도 어지러워지는 날씨다. 이젠 더 이상 일을 미룰 수가 없는 상황이 되었다. 전지가위를 허리에 차고 큰 톱과 작은 톱을 챙겨 들고 정원으로 나섰다. 얼핏 보기에 전지는 잔인하게 보일 수 있으나 나무의 입장에서는 고마운 일이다. 성장에도 도움을 줄 뿐 아니라 보다 건강하게 자랄 수 있도록 돕기 때문이다. 꽃을 많이 볼 욕심에 작년에는 가지치기를 조금만 하였더니 매화나무는 한참 올려다봐야 겨우 끝이 보일 정도로 자라 버렸다. 복숭아도 한 해에 1미터 이상 자라서 하늘을 향해 자유롭게 만세를 부르고 있다. 얼마나 키를 낮출까 요리조리 나무를 살펴보았다.

그런데 나뭇가지에 주로 복숭아나무에 산란하여 알로 월동하는 암고운부전나비 알이 가지에 여기저기 붙어 있었다. 봄이 되면 알에서 깨어난 애벌레는 얼마나 낭만적인지 모른다.

복숭아나무에서 자라며 꽃봉오리를 찾아가 꽃을 먹기도 하며 꽃 속에 들어가 산다. 여름이 시작하는 6, 7월엔 나비가 되어 마을 근처의 나지막한 산에서 생활한다. 지역에 따라서는 10월경에도 볼 수 있는 나비다. 펼친 날개길이가 4센티미터쯤 되며 감귤색을 띠고 아름답다. 이런 생명을 품은 가지를 과감하게 자를 수 없어서 일부 남겨 두었더니 전지가 끝난 후에도 복숭아나무 가지는 들쭉날쭉해져 마치 총각의 더벅머리처럼 되어 버렸다. 오늘 과감하게 키를 낮추려 했던 마음이 뜻대로 되지 않고 말았다. 하물며 나뭇가지 자르는 것도 내 마음대로 되지 않는 것이 세상일인데 나랏일로 속 끓인들 무엇하겠나 싶은 생각이 들기도 했다.

일만 미루지 말고
죽음도 미뤄 주길

———

베른트 하인리히의 『홀로 숲으로 가다』를 보면 이런 얘기가
나온다. 1787년 '여행, Travels'에서 농업학자였던 아서 영은
"남자에게 거친 돌만 가득한 곳을 물려주라, 그러면 그는 그것
을 정원으로 바꿀 것이다."라고 말했다. 그런데 내 남편은 옥
토를 줘도 돌밭을 만들 사람이다. 일이 있으면 난 항상 미리

———
아침 이슬로 세수한 옥잠화

하고 난 후 여유롭게 관망하기를 좋아한다. 그에 반해 남편은 책 읽는 것과 거문고 연주 말고는 뭐든지 미루길 좋아한다. 몇 년 전에는 이런 일도 있었다. 집에 나무가 많다 보니 밭 한 뙈기에 전지하고 베어 낸 나무가 산더미처럼 쌓여 있었다. 볼 때마다 답답해 정리 좀 해 달라고 부탁했다. 알았다며 시간 날 때마다 하겠다고 했다. 난 내 할 일이 바빠 믿고 있었는데 도대체 줄어들지 않아 물어보니 매일 하고 있다고 했다. 해마다 전지한 나뭇가지가 보태지니 10년 세월이 흘렀는데도 그대로다. 가만히 보니 일을 하긴 하는데 어이가 없었다. 준비운동을 1시간 하고 전지가위로 가느다란 가지 몇 개 자르고 일을 끝내는 것이었다. 1년도 아니고 10년 세월이라 말문이 막히는 일이었다. 기다리다 지쳐 결국에는 내가 이틀 만에 10년간 정리 못 한 것을 해치운 적이 있다.

어제도 수확이 끝난 밭 정리를 부탁했으나 남편은 안 된다고 했다. 안 되는 이유도 많았다. 아직 진드기가 있고, 잎이 대부분 떨어졌는데도 다 떨어지지 않아서 안 된다고 했다. 내일이면 12월인데 언제까지 기다려야 하는지 답답하기만 했다.

땅도 멀칭을 한 비닐을 걷어줘야 숨을 쉴 텐데 싶어 내가 나서 본다. 깔끔하게 일을 끝내고 나니 주위가 어둑어둑하다. 집으로 오면서 이런 생각을 해 본다. '남자에게 정원을 9년 동안 빌려주라. 그러면 그것을 사막으로 바꿔 버린다.' 이 말이 맞는 것 같다. 역시나 남자는 내 것이라는 소유의식이 생기면 모래라도 금으로 바꿔 버린다는 아서 영의 말은 내 남편에게는 해당되지 않는다는 생각이 들었다.

믿고 싶지 않은
증거
———

믿고 싶다는 이유만으로 믿지 말고 증거가
있는 곳으로 따라가라고 했다. 난 오늘 믿고
싶지 않지만 증거가 있으니 믿을 수밖에 없

———
다람쥐가 즐겨 찾는 곳

Living Art Ahopsan Garden

는 일을 보고 말았다. 정원 근처에 커다란 참나무와 돌담이 있다 보니 청설모와 다람쥐를 자주 볼 수 있다. 거실에 앉아서도 관찰할 수 있다. 청설모는 잡식성이라는 걸 익히 알고 있었다. 생김새 또한 검은 회색이라 귀여운 구석이 그리 많지 않다. 거기에 비해 다람쥐는 조금 작은 덩치에 줄무늬가 아름답고 도토리를 까먹을 때 보면 앙증맞다. 겨울을 나기 위해서라면 다람쥐 한 마리당 도토리 100개 정도가 필요하다고 한다. 그러니 부지런히 도토리를 저장하기 위해 양 볼 가득 넣어 터질 것 같이 하고 있어도 귀엽다. 이런 이미지는 외모뿐만 아니라 동화 속에서 선한 이웃으로 묘사되기 때문이 아닐까 싶다. 만약 청설모가 그랬다면 욕심보라 했을 것이다. 가을이 제법 무르익어 도토리가 뚝뚝 떨어지는 어느 날, 풀숲에서 태어난 지 얼마 되지 않았는지 볼펜길이만한 크기의 독사 새끼 한 마리가 기어 나왔다. 여름이 끝난 지금 태어나 과연 언제 몸을 키워 겨울을 날까 하는 생각이 먼저 들었다. 그때 어디서 나타났는지 다람쥐 한마리가 나타나 얼른 잡아채 머리부터 먹기 시작했다. 순식간에 일어난 일이라 빤히 보고 어! 어! 하며 지켜볼 수밖에 없었다. 믿고 싶지 않은 증거를 갖고 있으니 앞으로 다람쥐가 어떻게 보일까 걱정스럽다.

안정적인 친숙함이
곧 고향 같은 느낌

———

이곳에 자리를 잡고 난 후 보이는 풍경은 산과 하늘뿐이었다. 관심이 자연히 그쪽으로 많이 쏠렸다. 이곳의 산들은 온통 소나무로 덮여 있으니 사계절 변화가 크게 없어 좀 답답한 감이 있었다. 봄이면 숲속엔 간간히 산벚이 보일 정도였다. 그러나 30년 세월에 조금씩 다양한 나무들이 자라 봄에는 산벚으로 분홍색 칠을 하기도 하고 가을에는 온갖 잡목의 단풍으로 수놓기도 한다. 해질녘 가을하늘을 보면 가끔 기러기 생각이 난다. V자 행렬을 하고 끼룩거리며 날아가는 모습을 보며 자랐다. 울음소리 때문인지 아니면 계절 탓인지 왠지 슬펐다. 외기러기가 '끼룩끼룩' 울고 가기라도 하면 한바탕 울어버릴 것 같은 날들이 있었다. 찬바람이 불기 시작하는 이 가을, 문득 기러기를 볼 수 없다는 걸 깨닫게 되었다. 기러기는 볼 수 없으나 그래도 이곳은 그동안의 세월에 녹아든 안정적인 친숙함이 있어 고향 같은 느낌으로 다가온다.

11월에 접어드니 제법 새벽 공기가 차갑다. 백일홍은 백 일을 훌쩍 넘기고도 피어 있다. 구근을 심기 위하여 영근 씨를 먼저 골라내고 밭을 정리했다. 삽으로 일일이 흙을 파 엎고는

고향 같은 풍경

거름을 넣었다. 호미로 이랑을 만드는 일이 예전 같지 않고 힘에 부친다. 잠깐 허리를 펴고 하늘을 쳐다보니 옆엔 꽃사과가익을 대로 익어 반 이상 떨어져 있었다. 잘 익은 것을 따 먹어보니 생각보다 훨씬 맛이 있었다. 체리만 한 걸 3개 따먹었는데도 힘이 불끈 솟는다. 일을 마칠까 하다 그 힘으로 긴 이랑과 둥근 꽃밭을 만들었다. 내일이면 1,000개의 튤립과 한 바구니의 수선화 구근을 심을 수 있을 것 같다.

불꽃놀이 하는 꽃무릇

사돈나무

명자나무는 꽃잎이 매화처럼 생겼다. 조금 도톰한 꽃잎이다. 추위에도 강해 겨울에도 며칠만 따뜻하면 꽃이 피었다가 추워지면 얼어붙어 있는 경우를 자주 접하게 된다. 이곳 정원의 꽃은 다들 붉다지만 꼭 그렇지만은 않다. 붉게 보이지 않는 꽃과 분홍이라 하지만 살구색으로 보이는 분홍색 꽃도 있다. 난 누구에게나 똑같이 보이는 흰색 꽃이 가장 마음에 든다. 명자나무는 사람 키를 넘기지 않을 정도로 컸고, 꽃도 많이 피워 아름답다. 울타리용으로 심어 두었다가 가시 때문에 일하기가 불편해 몇 번이나 잘랐다. 그러나 어찌나 생명력이 강한지 번번이 실패했다. 여름이 끝날 무렵에는 아기주먹만 한 모과같이 울퉁불퉁한 열매가 달린다. 향기가 좋아 옷장에 넣어 두면 벌레와 좀을 예방해 줄 수 있다고 한다. 한방에서도 담을 삭이고 갈증을 멈추며 술독을 풀어 준다고 한다. 명자나무는 한자로 '나뭇등걸 사'를 쓰며 사전풀이로는 '명자나무 사'를 쓴다고 한다. 여기에서 '사돈'이라는 유래가 나왔다고 한다. 『한자 속에 담긴 우리문화 이야기』를 보면 고려 중기에 윤관 장군과 부원수로 있던 오연총이 개울을 앞두고 마주 보며 살다 두 자식을 결혼시켰다. 비 온 다음 날 술 생각이 난 두 사람은 술병을 들고 서로 찾아가 보나 개울물이 불어나 건널 수 없게 되었다. 그러니 주위에 있던 나뭇등걸查에 걸터앉아 마주 보고 머리를 조아리면서頓 술을 마셨다고 한다. 그래서 자식의 혼인에 의한 두 사람 사이를 사돈查頓이라고 부른다는 것이 재미있다.

지금까지 여러 나무를 키워 봤지만 이렇게 생명력이 강인한 나무는 처음이다. 내 힘으로 뿌리를 뽑을 수 없으니 이젠 가족으로 받아들였다. 그리고 아름다운 꽃을 즐기며 가시랑 같이 살기로 마음먹으니 애물단지라 생각했던 나무가 소중하게 느껴진다. 자식들을 혼인시키면 사돈지간에도 실체가 없는 침이 있을 수 있다. 그러나 어떤 어려움에도 끝까지 명자나무 그루터기처럼 살아야 하기 때문에 명자나무 '사查'를 쓰지 않았을까 하는 생각이 문득 들었다.

언제 왔는지
가을은 이미 내 곁에

———

지난밤 가을의 전령사 귀뚜라미 소리에 잠 못 이루며 이런저런 착잡한 생각에 잠겼다. 2,500년 전 고전 중국의 민요를 엮어 만든 노래집 『시경』에 '칠월'이라는 제목의 노래가 있다. 총 8장으로 이루어진 노래집의 5장을 보면 다음과 같은 노래가사가 등장한다.

오월에는 여치가 다리 떨며 울고(五月斯螽動股. 오월사종동과),
유월에는 베짱이 날개 떨며 울지(六月沙鷄振羽, 유월사계진우),
칠월에는 들판에 있다가(七月在野, 칠월재야),
팔월에는 처마 아래 있다가(八月在宇, 팔월재우),
구월에는 문 앞에 있다가(九月在戶, 구월재호),
시월이 되면 귀뚜라미가 우리 집 침대 밑으로 들어온다네
(十月蟋蟀入我牀下, 시월실솔입아상하)

이 노래가사처럼 가을은 어느 날 갑자기 온 것이 아니라 봄부

터 여름을 거치며 스멀스멀 우리 곁으로 다가온 것이다. 인생의 가을 또한 그렇게 맞이하는 것 같다. 세월이라는 가랑비에 젖는 줄 모르고 살다가 어느 날 정신을 차려 보니 몸이 흠뻑 젖어 무거워진 걸 알게 된다. 서리 맞은 나뭇잎은 바람이 없어도 떨어진다. 정원사가 있어도 낙엽이 떨어지는 것이 세상의 이치이다. 한 번밖에 주어지지 않는 삶을 어떻게 지혜롭게 살 것인가 하는 생각이 드는 이 가을. 서리 맞은 국화는 더욱 향기롭기만 하다. 해는 뉘엿뉘엿 넘어가는데 박새 한 마리가 제 잠자리 걱정은 하지 않고 창가에 앉아 집 안을 훔쳐보고 있다. 순간 녀석이 집 안을 둘러보며 잘 살고 있나 하고 구경하는 것만 같았다. 화들짝 놀라 널브러져 있는 책상 위를 치웠다. 소파 위의 쿠션도 반듯하게 정리해 본다. 이미 머리카락은 희끗하다. 가을이 지나면 곧 겨울이다. 남편 눈치, 자식 눈치, 강아지 눈치를 보다가 이젠 새 눈치까지 봐야 하는 나는 누구인가 라는 생각이 들었다.

언제 왔는지 이미 가을

가을   *autumn*   227

자연에서의 삶은 몸은 고단하나
영혼은 이른 아침 숲속의 향기처럼 맑아진다

일찍이 철학자인 시노페의 디오게네스Diogenes of Sinope, BC412-
323?는 '개 같은 삶'을 자초하며 반문명적 생활을 실천했다. 그
명성을 들은 알렉산드로스 대왕이 통 속에 웅크리고 있는 그
를 보고 "철학자여! 그대는 뭘 원하는가? 원하는 대로 다 해 주
겠노라"라고 말했다. 하지만 그는 단호하게 "내 햇볕을 가리
지 마시오!"라고 했다는 유명한 말이 있다. 이러한 일화를 통
해 디오게네스가 추구했던 삶의 의미가 무엇인지 알 수 있다.
그는 살아감에 있어서 자연의 무한한 가치를 물질적인 것보다
높이 사고 있었다. 이는 극단적인 삶이지만 가치란 도대체 무
엇인가라는 질문에서 비롯된 숭고한 삶이라고 할 수 있다. 사
람에 따라 쾌락이나 소유를 중히 여길 수도 있다. 하지만 조화
로운 삶이란 어디에도 치우치지 않는 삶이라고 본다. 물질에
가치를 두는 것보다 자기만의 정신세계가 있으면 보다 긍정적
인 삶이 될 것이다. 그러한 삶이 자연 속에서 보편적·사회적
규범을 벗어나지 않으면 문제될 것이 없다고 본다. 나는 자연
의 무한한 가치를 정원 가꾸기 생활을 통해 일상에서 찾는다.
그리고 소유욕에 굴복하지 않고 소박하지만 조화로운 삶을 살

려고 노력하고 있다. 이를 통해 자기절제를 실천하려고 한다. 자연에서의 삶은 몸은 고단하나 영혼은 이른 아침 숲속의 향기처럼 맑아진다. 자연에서의 높은 가치를 찾는 삶을 살고 있다고 자위하지만 사실은 내가 과연 잘 살고 있는 것인지는 모르겠다.

수확의 계절

사랑에 빠질 수밖에 없는
치자꽃향기

———

삼국시대에 중국으로부터 들어온 것으로 보는 치자나무는 옛날 시골에선 대체로 친숙한 나무였다. 꽃이 피고 열매가 맺히면 9월에 노랗게 익는다. 열매에는 크로신Crocin과 크로세틴Crocetin이라는 황색색소가 들어있고 식용이 가능하다. 집집마다 명절 때 예쁜 전을 부치기 위해 마당 한편에 심어 두곤 했다. 상록관목으로 키가 60센티미터 정도 되니 생 울타리 용으로 심기도 한다. 일찍이 당나라 시인 유우석도 치자를 예찬했다. 치자는 이처럼 많은 시인들의 감성을 뒤흔든 꽃이 아니었던가. 꽃은 희고 맑을 뿐만 아니라 그 향기 또한 매력적이다. 그 향에 취한 사람은 누구라도 꽃과 사랑에 빠질 수밖에 없을 것이다. 조선시대의 문신 강희안도『양화소록』에서 꽃과 색, 향기 그리고 겨울에도 변치 않는 잎과 열매의 쓰임을 치자의 4가지 덕목이라고 밝히고 있다. 열매의 길이는 약 3센티미터 정도이나 세로로 6~7개의 능각을 이루고 있는 것이 특징이다. 가을이 끝나가도록 잊고 있다가 오늘 찾게 되어 조금 미안한 마음이 들기도 했다. 『동의보감』에 기록된 바에 의하면 치자는 속이 답답할 때 열을 내려 낮게 하고 소갈도 멎게 하는 열매라고 했다. 오늘 내가 특별히 찾은 것은 아침에 발목을 접질려 약간 부어 있었던 탓이다. 혹시나 치자열매

옥잠화와 사랑에 빠져

가 있나 하고 정원으로 나가 보았다. 어제 비로 맑게 씻긴 초
록 잎사귀들 사이에서 노란 열매 하나가 보였다. 지난여름에
꽃이 한 송이만 피었나 하는 생각이 들었으나 반가웠다. 손바
닥만 한 크기의 노란 치자 밀가루 반죽을 발목에 턱 붙여 보았
다. 이것만으로도 오늘 하루 휴식은 충분히 보장되고도 남을
것이다.

헛개나무
열매향기에 취해

지난여름 향기로운 꽃으로 벌을 불러들인 헛개나무가 가을엔
검게 성숙된 열매를 한가득 달고 있었다. 열매를 수확해 작은
온실에 보관해 두었다. 온실 앞을 지나칠 때마다 풍겨 오는 열
매의 향기가 걸음을 멈추게 한다. 익숙한 향 같은데 이게 뭐지
하고 줄곧 생각했었다. 며칠이 지나서야 열매도 꽃향기와 같
다는 걸 알게 되었다. 달콤한 것이 과일 향 같다. 대체로 향기
가 나는 식물이라도 시간이 지나면 옅어지기 마련이다. 헌데
헛개나무의 열매는 오랫동안 향기롭다. 헛개나무는 벌나무 또
는 호깨나무라고도 부른다. 열매를 한자 이름으로는 지구자枳
椇子라 한다. 헛개나무 밑에 술독을 두었는데 잎이 떨어져 술
독에 빠지니 술이 물이 되었다는 옛날이야기도 있다. 이야기
에서 그치지 않고 과학적으로 입증이 되었는지 흔히 술 해독
식품으로 알려져 있다. 서양에서는 중세에 이르러 서양호랑가
시나무Holly, Ilex aquifolium 아래서 맥주를 마시면 술에 취하지 않
는다고 믿었다고 한다. 그때부터 영국에서는 술집들이 '홀리
Holly'라는 단어가 들어간 간판을 달기 시작했다는 글을 읽은
적이 있다. 헛개나무는 열매뿐만 아니라 줄기, 잎 모두 약효가

분자 구조를 닮은 헛개나무 열매

있고 우린 술을 마시지 않지만 차로도 끓여 마시기도 한다. 열매를 보면 뭔가 분자구조처럼 생긴 것이 흔히 볼 수 없는 형태를 하고 있어 신기하다. 식물도 영토를 넓히려면 씨앗 발아율이 좋아야 한다. 그런데 헛개나무는 씨가 단단해 자연발아율이 3퍼센트 정도밖에 되지 않는 까다로운 나무다. 그러나 산양이 열매를 먹었을 때라면 상황이 달라진다. 산양의 위 속으로 들어간 열매는 위액에 의해 부드러워져 변으로 나온다. 변에 섞인 열매 씨는 30퍼센트 정도의 발아율을 보인다고 한다. 그러다 보니 헛개나무는 산에서 흔히 볼 수 있는 나무는 아니다. 그러나 꽃과 열매는 참으로 향기롭다.

뇌를 속이다

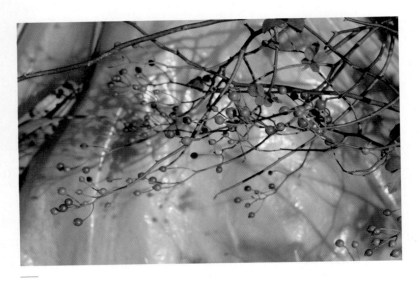

설사약으로 사용되는 영실

은행나무는 이미 잎을 다 떨어뜨리고 줄기를 쩍 드러내고 있
다. 그 모습이 우람하기만 하다. 앙상해 보이지 않고 어딘지
더 커 보이고 듬직한 청년같이 보인다. 왠지 남편보다 의지
가 되는 나무로 다가온다. 동쪽으로 난 거실엔 나뭇가지 사이
로 태양이 가득 들어와 있다. 거실바닥과 벽은 온통 나무그림
자로 일렁대고 있다. 그림자로 그림을 그려 놓은 셈이다. 가끔

그림자가 살아 움직이며 춤을 추기도 한다. 여러 개의 그림자들 중에 하나를 골라 그 위에 앉아 보니 그림자는 곧 내 육신에도 그림을 그리고 있다. 태양빛으로 환한 거실에 앉아 정원을 내다보니 마음이 따뜻해진다. 정원의 새 소리도 청량하게 들리니 한없이 편안하다. 이러한 것이 곧 행복일 것이다. 그러나 행복은 감정이라 저축되지 않으니 이를 어쩌나! 그러나 그 감정 다스리기를 자연을 통해 얻으면 보다 쉽게 다스려진다는 걸 난 알고 있다. 삶을 허투루 낭비할 수 없다. 소중하니 매순간을 놓치지 말고 몰두해 그 행복한 감정을 놓치지 않으려 노력하고 있다. 낙엽이 떨어지면 곧 추운 겨울이 올 것이다. 그러나 난 곧 봄이 올 것이라는 생각으로 뇌를 속인다. 뇌 과학계에서도 뇌가 신체의 다른 근육과 마찬가지로 훈련하면 강화될 수 있는 기관이라는 인식이 확산되고 있다. 그러므로 뇌를 속이는 것도 가능하다고 한다. 그 증거로 탄수화물 음료를 마시지 않고 입안에 넣고 1~2분만 있다 헹구고 버려도 먹은 효과랑 같다는 연구결과를 얻었다고 한다. 뇌가 속아 주는 건지 아니면 뇌가 속았을 것이라고 내가 믿고 싶은 건지 정확히 알수는 없다. 머릿속은 봄꽃으로 이미 화사한 봄이 되니 이 어찌 즐겁지 아니하겠는가.

풀벌레 소리 들어 가며
별을 세는 가을 밤

시골의 밤은 길다. 겨울엔 춥고, 여름엔 더울 뿐만 아니라 모기들이 출몰하는 바람에 바깥에 나가 자연을 즐기기도 어렵다. 봄밤은 가을만큼 사람을 밖으로 불러내는 힘이 적다. 해 길이에 맞춰 살아가는 농부의 봄밤은 설레임도 있으나 땅 일구고 씨 뿌려야 하는 내일의 일을 생각하면 마음도 바쁘고 몸도 쉬어야 한다. 이에 비하여 한결 차분해진 가을밤은 한층 몸과 마음을 느긋하게 해 준다. 그러니 4계절 중에 수확할 일거리가 별로 없는 가을밤을 난 특히 좋아한다. 그것에 더하여 청아한 풀벌레소리를 들을 수 있으니 더할 나위 없다. 누군가는 풀벌레소리를 두고 소음이라고 할 수도 있을 것이다. 하지만 풀벌레소리는 인공적인 소음과 달리 편안하게 들리고, 교감신경을 낮춰줘 안정감을 준다. 때문에 백색소음이라고 얘기들 한다.

나에겐 서늘한 가을밤의 풀벌레소리는 그냥 소리가 아닌 어떤 풍경으로 다가온다. 풀벌레소리를 듣고 있노라면 알 수 없는 그리움에 젖어들며 자기 성찰에 잠기곤 한다. 텃밭에 심어둔 쪽파는 제법 새끼손가락 길이만큼 자랐다. 무는 약을 치

지 않았더니 잎에 구멍이 숭숭 났다. 하지만 씩씩하게 자라고 있다. 그저 기다리기만 하면 되는 가을. 바쁠 것이 없다. 지난 밤 창가에 붙은 여치가 노래하며 가을밤 풀벌레 음악회에 날 초대해 주었다. 오늘밤은 마당에 나가 담요 한 장 두르고 풀벌레 소리에 취해 볼 생각이다. 그리고 가을밤 하늘의 북두칠성이 어디쯤 왔는지도 찾아볼 것이다.

가을 *autumn*

부추꽃 필 무렵

내 짝꿍이 마지막 남겨 준 선물
붉은 벽돌 장화

지난겨울에 만든 장화 화단에 짝짝이 하얀 마가렛과 노란 목마가렛이 꽃을 피웠다. 그 모습이 꼭 예쁜 여자아이가 새로 산 꽃장화가 예뻐 비 오길 기다리지 못하고 풀밭으로 신고 나와 이리저리 뛰어노는 모습 같았다. 봄에 꽃 사이사이마다 심어둔 비트가 탁구공만 한 크기로 자라 가을까지 식탁에 오르고 있다. 거름만 듬뿍 주면 주먹보다 크게 잘 자라는 식물이라 누구나 실패 없이 키울 수 있다. 두 계절을 보낸 장화는 형태가 조금씩 변형되어 있다. 가을장마가 모처럼 개인 오후 가을맞이 정원을 손질하러 나섰다. 삐뚤어진 벽돌 사이에 난 풀을 뽑고 반듯한 신발짝을 만들었다. 이 벽돌은 오랫동안 나의 발이 되어 준 벤이 나에게 마지막 선물로 준 것이다. 운전만 하면 속도를 낸다며 남편은 페라리라고 부르던 벤이었다.

처음 이곳에 와 시장에 가려면 남편이 출근할 때 따라나서야 했다. 돌아올 때는 마을버스를 이용했다. 1시간 간격 단위의 배차였으나 낮 시간엔 30분 더 늦어졌다. 부지런히 시간을 맞춰 가나 떠나가는 마을버스의 꽁무니를 볼 땐 정말 애통하다. 가끔 낮에는 손님이 없다는 이유로 배차를 하지 않을 때가 있다. 그땐 정말 눈물 나고 화가 난다. 그날은 나쁜 조건을 모두 갖춘 날이었다. 시골이라 택시도 잘 가지 않으니 어찌할까 이리저리 살폈다. 평소에 보이지 않던 자동차 전시장이 바로 내 뒤에 있다는 걸 알았다. 순간 차가 현장에 있으니 바로 타고 갈 거라 생각하고 망설임 없이 계약했다. 차를 사겠다는 생각을 안 했으니 차종도, 색상도, 관심이 없었다. 마침 꽃과 나무를 실을 수 있는 나에게 꼭 맞는 차가 있었다. 색상도 모델과 같은 흰색으로 결정했다. 집에 돌아와 남편에게 오늘 차를 샀다고 말하니 그는 뭐가 그리 바쁜지 그래 알았다며 전화를 끊었다. 그리고 며칠 후, 녹음이 짙어 가는 봄비 내리는 어느 휴일 오후였다. 남편은 며칠 전에 산 차 맛이나 한번 보자고 했다. 그날 우린 이렇게 의사소통이 되지 않는데도 용케도 지금까지 잘 살았다며 한바탕 웃은 일이 있었다. 그렇게 20년을 넘게 내 발이 되어준 벤이 폐차장에 가기 전에 벽돌을 한 팔레트 실어다 주고 떠났다. 태어나 마지막까지 함께하며 나를 지켜 준 존재가 어찌나 고마운지 한참을 껴안고 있다가 떠나보냈다. 그 벽돌로 만든 커다란 장화화단 두 짝을 볼 때마다 내 애마 페라리 벤이 생각난다.

허허로운 우주로 향한
사랑

NASA(미국항공우주국)에서 쏘아 올린 화성탐사선 인사이트 호가 화성 적도 인근 엘리시움 평원에 무사히 착륙했다는 소식이 오늘 전 세계적인 뉴스가 되고 있다. 4억 8,300만 킬로미터를 206일 간 날아간 인사이트 호는 생명이 있는지 조사하기 위해 지하세계 탐사를 시작한다고 한다. 인간의 도전정신이 위대하다는 생각이 들었다. 연구하고 도전하는 인간의 지적쾌감은 전두연합령에서 나오는 도파민의 활동이다. 도파민은 그냥 나오는 것이 아니라 한다. 노력을 해야 나온다고 한다. 도파민은 언제까지 나올 수 있는 걸까. 그 한계가 없는 것처럼 보인다. 창의적인 생각이 곧 지적 도전으로 이어지니 잠재력을 키우는 것이 무엇보다 중요하다는 생각이 들었다.

그러나 대부분의 사람들은 자신이 가진 무한한 잠재력의 존재조차 모른 채 살아간다. 기타 연주자인 프랭클린 아담도 해 보지 않고서는 당신이 무엇을 할 수 있는지 모른다고 했다. 대부분의 사람들의 잠재력은 그야말로 잠재된 채 사라진다. 노력하지 않기 때문이다. 위대한 도전정신을 가진 과학자들이 있어 그나마 우리의 미래는 희망적이다. 인간에게는 본

능적으로 조상들의 삶이 시작된 풀밭에 이끌리는 사바나 증후
군Savanna Syndrome DNA가 오래전부터 흐르고 있다고 한다. 그
래서 사람들은 초원을 좋아하고 자연을 푸근한 엄마의 품처
럼 생각한다고 한다. 오늘날 허허로운 우주를 향한 인간의 사
랑은 끝이 없어 보인다. 우린 모두 고향이 늘 그립고 꿈에라도
가 보고 싶은 곳으로 생각하고 있다. 그걸 보면 어쩜 사바나에
살기 이전, 인간의 본래 고향이 허허로운 그곳이 아니었는가
하는 생각도 든다.

이 속에 우주가

보통사람이 사는
고상한 마을을 만들리라

———

며칠 전까지만 해도 키 큰 은행나무 밑에 있는 단풍나무는 붉게 단풍잎을 달고 뽐내고 있었다. 봄부터 은행나무랑 오누이처럼 사이좋게 앞서거니 뒤서거니 잎을 내며 푸르름을 자랑하고 있었다. 그러다가 어느 틈에 오빠는 노랗게 동생은 붉게 물들였다. 오늘 보니 나뭇잎도 다 떨어져 있었다. 먼저 떨어진 은행잎이 땅바닥을 온통 노랗게 물들이고 있었다. 그 위에 붉은 단풍잎이 소복이 쌓여 낮게 비추는 태양 아래 눈이 시리도록 화사하게 보인다. 일을 하다 말고 낫을 던져둔 채 벌렁 드러누웠다. 두 팔 벌리고 누워 하늘을 바라보았다. 수령이 50년 쯤 되는 커다란 은행나무다 보니 떨어진 잎도 많아 제법 폭신한 느낌이 들었다. 감나무 밑엔 잘 익은 감이 여기저기 많이도 떨어져 있었다. 건너편의 늙은 감나무엔 잘 익은 감이 아직 꽤 많이 주렁주렁 달려 있는 것이 보였다. 대숲에서 불어오는 바람소리를 타고 재잘거리는 새 소리가 들린다. 듣고 있자니 나도 새가 된 기분이었다. 도심에서도 은행나무길 낙엽 축제가 벌어져 아트프리마켓과 거리갤러리 등이 열렸다. 그곳으로 젊은이들이 모여들고 있었다. 이런 감성을 일깨워 주는 문화를 함께 공유하고 살다 보면 보다 더 건강하고 품위 있는 사

회가 되지 않을까 싶다. 그러다가 이런 생각을 해 보았다. 이
곳은 고향 같은 소박한 풍경이 담겨 있는 아름다운 곳이다. 여
기에 이야기가 있는 새로운 문화를 입혀 보면 어떨까 하는 상
상을 해본다. 그냥 보통사람이 사는 고상한 마을로 변신할 수
있다는 상상만으로도 멋지다. 꽃 피고 새 우는 봄이 오면 이곳

보통 사람이 사는 마을 전경

에 작은 '아홉산 정원갤러리'를 열어 볼 예정이다. 아름다움을
보고 화낼 사람은 없다. 그렇듯 주위가 아름다우면 그것이야
말로 건강한 사회로 나아가는 한 걸음이 될 수 있지 않겠는가.
이런 것이 보통사람들이 할 수 있는 사회적 역할이 아닐까 하
는 생각이 든다.

마라톤과
허브 펜넬

그리스의 마라톤 마을에서 마라톤이 시작되었다. 마라톤이라는 이름은 그곳에 '펜넬fennel'이 많이 피어 있어서 붙여진 이름이라 한다. 그리스어로 펜넬을 '마라토Maratho'라 부른다고 한다. 거기서 유래되어 마을 이름이 마라톤이 되었다고 한다.

펜넬은 우리나라에서는 회향이라고 부르는 허브이다. 내한성이 좋은 다년초로 보통 내 키만큼 자라고 크게 자라면 2미터에 이른다. 줄기는 강하지 않은 편이고, 색상은 녹색을 띤다. 대나무 같은 느낌을 준다. 노란색의 작은 꽃들은 산형꽃차례로 피어 우산을 펼쳐 놓은 것 같다. 뿌리가 깊게 자라니 화분보다 땅에 심으면 좋다. 봄에 씨를 뿌리면 7월경에 개화하고 2년째부터는 뿌리가 튼튼해 포기 나누기를 하면 된다. 봄여름 한 번씩 골분을 주면 성장에 도움이 된다. 돌보지 않아도 될 정도로 잘 자란다.

펜넬은 스칠 때마다 강력한 향을 내뿜는다. 처음엔 비릿한 향에 익숙하지 못해 관심을 주지 않았다. 지금은 보드라운 잎을 쓰다듬는 것만으로도 기분이 좋아져 그냥 지나치지 않는다. 이웃사람들은 옛날엔 배가 아프면 잎을 차처럼 달여 마셨

물속에 비치는 허브

다고 했다. 특히 각종 여성 질환에 효과가 있고 갱년기 증상이 완화될 뿐만 아니라 산모의 모유가 잘 나오게 한다고 한다. 여름에 수확해 말려 둔 꽃에서 씨를 한 줌 받았다. 내년 봄에 마지막 서리가 내리고 나면 배수가 잘되는 양지바른 정원 가장자리에 심을 것이다. 실같이 하늘거리는 잎이 바람에 흔들리는 모습은 상상만 해도 보드라운 감촉이 느껴지며 상쾌해진다.

그림자는 모두 같은 색

잡초는 어쩌면 인간을
번식의 도구로 이용하는 것은 아닐까?

식물들이 쓰러져 있다. 하루아침에 된서리를 맞고 끓는 물에 데친 것 같은 모습으로 검고 물러진 모습이다. 드디어 잡초 뽑기에서 자유로워진 이 가을, 잡초에 대해 생각해 보았다. 정원 가꾸기에서 빼놓을 수 없는 일 중에 하나가 바로 잡초 뽑는 일이다. 미국 환경운동가 마이클 폴란Michael Pollan은 잡초의 정의를 이렇게 내렸다. 첫째, 잘못된 곳에 자리하고 있는 식물. 둘째, 재배되는 식물에 비해 유난히 공격적인 속성을 가진 식물이라 했다.

잡초를 뽑을 때마다 나 또한 이 문제를 생각해 본다. 잔디밭에 부추가 나면 나는 그것을 잡초라고 판단하고 뽑는다. 반대로 부추밭에 잔디가 자라면 잔디가 잡초가 되는 셈이다. 같은 식물이라고 해도 다른 종의 영역에서 자라면 그것은 잡초가 된다. 잡초란 인간이 만든 개념이다. 이 사실은 어쩌면 잡초의 입장에서 보면 부당하지 않을까 하는 생각이 든다. 그런데 잡초는 인가가 없는 곳에서는 단순한 종만 무리지어 자란다. 인간이 인위적으로 공간을 만들 때에야 다양한 종이 번식하게 되는 모양이다. 땅을 파면 그 속에 숨어 있던 온갖 종류의 씨앗 중에 발아조건이 맞는 종들이 싹을 틔우게 된다. 다른 곳에서 날아온 씨도 땅속에 곧잘 뿌리를 내리곤 한다. 이렇다 보니 인가 부근에 잡초가 많이 자랄 수밖에 없다. 나팔꽃을 닮은 메꽃을 보면 하얀 뿌리가 얼기설기 엉켜 잘 끊어진다. 그로 인해 더 많은 포기나누기가 이루어져서 번식을 잘하고 있는 걸 알 수 있고 쑥부쟁이도 또한 그렇다. 잡초라는 생각에 그것들을 열심히 뽑고 있지만, 아이러니하게도 인간이 잡초 번식의 도구로 이용되고 있는 것은 아닐까 하는 생각이 들었다.

녹색이 지워진 정원도
편안하다

인간의 뇌는 83퍼센트에 이르는 대부분의 정보를 시각을 통해 얻는다고 한다. 그 시각을 통해 사물을 인지하고 좋고 나쁨도 판단한다. 시각을 통해 본 좋은 풍경이란 사람을 편안하게 하는 녹색공간이 아닐까 싶다. 녹색공간을 만들기 위해서는 식물과 가까이하는 생활을 해야 한다. 미국의 뉴욕 센트럴

올해도 풍년

파크 공원은 조경디자이너 프레드릭 옴스테드Fredrick Omstead 와 건축가 칼베르트 바우스Calvert Vaux 이 두 사람이 '푸른 초원 계획Greenward Plan'이라는 작품으로 만들어 낸 것이다. 이 테마 는 '시골처럼 소박하고 평화로운 풍경의 조성'이었다고 한다. 도회적이고 세련된 작품이 아닌 편안함이 최고라는 걸 여실히 보여 준 좋은 예라고 할 수 있다. 100만 평에 이르는 공원에는 1400종의 나무 50만 그루가 심겨져 있다고 한다. 이는 뉴욕시 민들의 건강을 지켜 줄 뿐 아니라 세계적인 자랑거리가 되고 있다. 뿐만 아니라 그곳의 시민들은 어디서든지 7분만 걸으면 공원을 만날 수 있을 만큼 공원이 많다고 한다. 지금 세계가 초미세먼지로 골머리를 앓고 있다. 세계 224개국 중 우리나라 는 213번째라는 부끄러운 순위를 기록하고 있다. 그에 반해 미국은 9위를 차지하고 있다. 최근엔 우리나라도 곳곳에 많은 공원이 생겨나고 있어 다행이라는 생각이 들었다. 지역에 큰 공원이 생기는 것은 병원이 10개 있는 것보다 시민의 건강을 지키는 데 훨씬 도움이 된다고 생각한다. 오늘도 미세먼지 지 수가 약간 나쁨으로 주위가 희뿌옇다. 주위엔 단풍도 다 떨어 졌다. 울긋불긋하던 낙엽도 모두 똑같은 색으로 변해 버린 지 한참이나 되었다. 정원의 녹음도 이제 다 지고 말았다. 정서안 정과 같은 정신적인 치료효과와 더불어 눈의 피로도 줄여주는 초록빛이 더는 보이지 않는다. 하지만 회색정원도 그런대로의 편안함이 느껴진다. 그건 잠깐의 쉼이고, 또 봄이 온다는 걸 우린 알고 있으니까.

아니 여름 꽃이 이 가을까지

상상 속의 정원은
늘 고요하다

집 안에 있기보단 따뜻한 햇살 받으며 정원을 거니는 것이 몸에도 좋을 뿐만 아니라 정신건강에도 좋다는 사실이 실감나는 계절이다. 가을이 익을 대로 익었다. 새 다리보다 가느다란 풀줄기 위로 온몸이 갈색을 띤 작은 굴뚝새가 날아와 앉는다. 줄기가 새의 무게에 눌려 휘청 구부려지나 꺾이지 않는 것이 얼마나 다행인지. 새삼 새의 무게가 궁금해진다. 정원의 꽃 중에 마지막으로 피는 쑥부쟁이가 보라색 꽃잎을 막 여기저기 열기 시작한다. 찔레는 잎을 다 떨구고 열매는 나날이 빨갛게 익어 가고 있다. 백일홍도 오랫동안 피었다가 때가 되니 씨를 매달 고 쓰러져 있다. 꽃씨를 거두고 그곳에 튤립과 수선화 구근을 심어야 할 것 같다. 이젠 꽃의 계절도 거의 끝나고 있다. 나무 들이 기다렸다는 듯이 그 뒤를 이어 단풍을 선보이기 시작하 며 사람들을 감동시키고 있다. 정원은 올 한 해도 수많은 이야 기를 들려주고는 긴 휴식에 들어가게 될 것이다. 그러면 난 머 릿속으로 그림을 그리고 또 지우기를 반복하며 내년의 정원을 설계한다. 그렇게 겨울을 보낸다. 상상 속의 정원은 언제나 고 요하고 평화롭다. 그러니 겨울에는 몸을 움직여 가며 힘든 일 을 직접 하지 않고도 상상 속의 정원에서 마음 내키는 대로 꽃 을 가꾸며 행복을 키울 수 있다.

세이지를 끝으로
휴식에 들어가는 정원

세이지 꽃과 함께 이 가을도

어지간히 강한 추위에도 끄떡없더니 이번 추위에 된서리를 맞고는 세이지 잎이 축 늘어져 있다. 겨울이 시작되기 전까지 정원을 지켜 주며 보는 것만으로도 충분히 건강해지는 허브다. 세이지는 라틴어 단어인 살부스Salvus에서 왔는데 '건강'이라는 뜻이라고 한다. 꽃잎 끝이 입술모양을 한 작은 꽃들이 화려하지 않지만 아름다워 허브정원의 여왕이라고도 불린다. 대표적인 관상용 허브이다. 뿐만 아니라 여러 약효로도 쓰여 많은 사람들로부터 사랑을 받는 만능식물로 알려져 있다.

영국에서는 세이지에 얽힌 속설이 전해지고 있다. 부인이 남편을 휘어잡고 사는 집안에서는 세이지가 잘 자란다고 한다. 난 남편을 휘어잡고 살고 있지 않지만 세이지는 우리 집의 허브 중 가장 잘 자라고 있다. 이걸 보면 배수만 잘되면 어디서든지 잘 자라는 허브라는 생각이 든다. 허브란 약이 되는 식물을 말하며 세이지 또한 다양한 약효가 있다고 한다. 잇몸이나 치아건강에 좋다고 알려져 있다. 차로 마시거나 가글을 해주면 구취나 입안의 염증치료에도 좋다. 시린 이에도 도움을 준다고 해 가끔 이용하고 있다. 그러나 효력이 강해 연속해 사용하는 것은 피하는 것이 좋다고 한다. 뿐만 아니라 갱년기 중상에도 도움을 준다고 한다. 갑자기 얼굴이 벌겋게 달아오르면 나는 밭으로 달려간다. 이렇게 다양한 약효도 있지만 꽃 역시 아름답다. 뿐만 아니라 꽃을 스치기만 해도 달콤한 향을 선사해 주는 허브다. 봄이나 여름에 건강한 줄기를 5~10센티미터 정도 잘라 꺾꽂이를 하면 번식도 쉽게 시킬 수 있다. 아쉽지만 봄부터 늦가을까지 꽃을 피워 준 세이지가 얼면 정원의 꽃은 더 이상 볼 수 없다. 그러면 이곳 정원도 한 해를 마무리하고 긴 휴식에 들어가게 된다.

요정이 물들인 단풍

7번 염색체 이상으로 녹색 눈을 가졌으며 타인에 대한 경계심이 없고 언어구사능력은 탁월한 윌리엄 증후군Williams Syndrome을 가진 어린이를 모델로 하여 탄생한 것이 바로 동화 속의 요정이다. 어릴 땐 요정이라면 맑고 깨끗하고 선한 마음을 가져 우리들을 악한 것으로부터 보호해 주는 존재라고 생각했다. 그러나 성인이 되면서 나도 모르게 마음이 탁해졌는지 요정은 내 마음속에서 사라지고 말았다. 그런데 오늘 생각지도 못한 요정을 정원에서 만났다.

제법 쌀쌀해진 11월. 튤립나무는 어느덧 단풍의 계절을 지나 짙은 갈색으로 변해 가고 있었다. 낙엽이 벤치 위로 하나둘 떨어지고 있다. '후두둑' 소리를 내며 떨어지다가도 바람결에 다시 위로 날아오르고 있었다. 순간 어쩜 나는 저 낙엽 위에 요정이 타고 있을지도 모르겠다는 생각이 들어 낙엽에 눈길이 쫓아갔다. 우수수 떨어진 낙엽엔 분명히 요정이 있을 것 같은데 아직 내 눈에는 보이지 않는다. 낙엽을 보니 상상할 수 없을 정도의 다양한 색들이 어우러져 있었다. 보기만 해도 마음이 따뜻해져 온다. 요정이 아니고는 나뭇잎을 누가 이렇게 아름답게 물들일 수 있을까 하는 생각이 들었다. 지금까지 내 나름대로 열심히 정원을 가꾸고 있다고 생각했으나 이건 내 작품이 아닌 것 같다. 요정이 가꾸는 정원에 나의 손길이 그저 조금 닿았을 뿐인 것 같다. 아홉산 정원은 분명 요정의 정원이다.

봄이 왔는데

PART 4

겨울
그리고
또 봄

winter and spring

세상은 자기중심으로
돌아가다 보니

———

천동설은 하느님이 창조한 지구가 우주의 중심이고 태양은 지구 주위를 돌고 있는 별 중의 하나라고 주장하는 우주구조설이다. 지동설은 우주의 중심에 태양을 놓고 그 주위에 지구를 비롯한 행성들을 차례로 배열한 모형을 제시하고 지구가 태양을 중심으로 원운동하고 있다고 주장한 설로서 코페르니쿠스나 갈릴레이 등이 대표적인 주장자였다. 그러나 이들의 설과는 아무 관계 없이 인간세상은 자기중심으로 돌아가고 있다. 그런 다양성 때문에 인류는 이렇게 발전해 왔다. 그러나 머리 숫자만큼 생각이 각각이니 세상은 많은 갈등으로 조용할 날이 없다. 그러다 보니 사람과 부대끼면 상처받을 수밖에 없다. 심리학에 '행위자-관찰자 편향actorobserver bias'이라는 개념을 보면 이런 구절이 등장한다. 자신이 한 행동의 이유는 주로 외부환경에서 찾고, 다른 사람의 행동은 상대의 내면에서 그 이유를 찾는다는 것이다. 내 일찍 이를 터득하고 자연으로 들어와 최소화된 인간관계를 맺으려 노력하고 있다. 이것이야말로 죄를 가장 적게 짓고 살아가는 방법이라는 생각에는 변함이 없다. 매일 사람을 만나면 치매위험도 40%나 감소하고 반대로 외로운 사람은 1.5배나 발병률이 높다고 하나 자기 일이 있고 바쁘면 문제가 되지 않는다고 생각한다.

시골에서의 생활은 단순하나 다양한 영감을 얻을 수 있고 생각의 폭을 넓혀 주는 것 같다. 갈등에서도 좀 더 자유로워지고 구태여 언어를 사용하지 않아도 소통이 되는 곳이라 말하고 싶다. 언어야말로 사람이 가진 가장 효율적인 소통방법인데 그 언어로 많은 사람들이 고통받고 있기도 한다. 인간의 마음속엔 시기심이 싹트고, 입 속엔 험담과 거짓말이 끊임없이 꿈틀대고 있다. 지혜로운 이는 말을 삼켜 버리고 뱉지 않으나 어리석은 이는 말을 뱉어 주위를 오염시킨다. 그 오염 속에 갇히고 싶지도 않고, 뱉을 일이 일어나지 않게 하려면 절제된 언어생활이 최선인 것 같다. 말을 하지 않아 후회하는 것이 하나라면, 말을 줄여서 후회할 일이 줄어드는 것은 아홉 정도 되는 것 같다.

봄은 아직 먼데

12월인데 매화는 벌써 하얀 꽃망울 끝이 살짝 보일 듯 말 듯 꽃눈을 달고 있다. 제법 통통한 것이 꼭 꽃잎을 열 것 같아 사람의 발길을 붙잡는다. 추운 겨울을 어떻게 날까 걱정이 된다. 하지만 미세한 털이 있고, 왁스나 수지 같은 화학성분으로 겨울꽃눈을 지켜 주니 거뜬히 겨울을 날 수 있다고 한다. 오늘은 지나치려다가 혹시 향이 날까 싶어 코를 갖다 대어 보았다. 향이 나지 않는 것 같았다. 그런데도 미련을 버리지 못하고 코 속에 꽃망울이 많이 달린 가지를 넣고 컹컹거려 봤다. 그러다가 무심코 하늘을 처다보니 아직 해가 떨어지지 않았는데도 동쪽 하늘에 뜬 하얀 반달이 보였다. 반달이 날 내려다보고 있었다. 들킨 것 같아 얼른 콧속에서 꽃가지를 빼냈다. 스스로 생각해도 웃긴다는 생각이 들어 슬며시 미소를 지어 보았다. 흙은 자기 부피의 40퍼센트에 해당하는 물을 머금을 수 있다. 그러니 아침엔 서릿발로 땅이 작은 기둥같이 솟아 걸을 때마다 바스락거리며 부서졌다. 저녁 무렵엔 겨울 햇살에 녹아 땅이 질퍽거린다. 작약 밭엔 거름을 듬뿍 넣어 두었는데 고양이

봄은 아직도 먼데

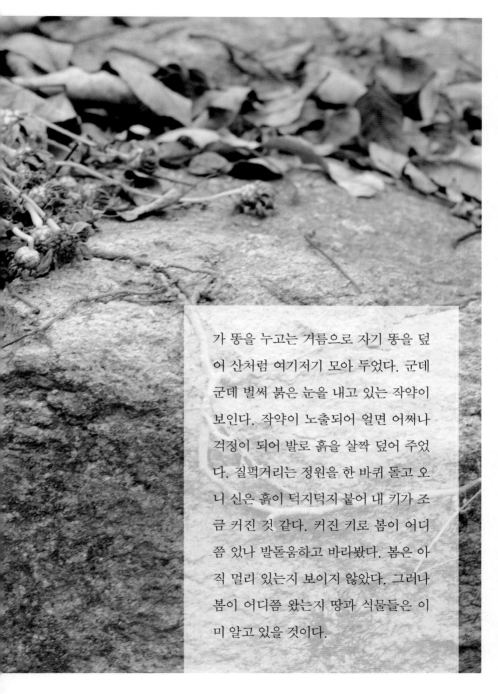

가 똥을 누고는 거름으로 자기 똥을 덮어 산처럼 여기저기 모아 두었다. 군데군데 벌써 붉은 눈을 내고 있는 작약이 보인다. 작약이 노출되어 얼면 어쩌나 걱정이 되어 발로 흙을 살짝 덮어 주었다. 질퍽거리는 정원을 한 바퀴 돌고 오니 신은 흙이 덕지덕지 붙어 내 키가 조금 커진 것 같다. 커진 키로 봄이 어디쯤 있나 발돋움하고 바라봤다. 봄은 아직 멀리 있는지 보이지 않았다. 그러나 봄이 어디쯤 왔는지 땅과 식물들은 이미 알고 있을 것이다.

이런 경험

봄은 아직 멀리 있고, 겨울이 막 시작하는 12월. 어제부터 물
나오는 것이 수상쩍다 싶더니 한쪽에서 물을 쓰면 다른 쪽엔
나오지 않는다. 사정이 이러한데 어느 그 누구도 수도관을 점
검해 줄 사람이 없다. 한 사람은 감기에 걸려 누워 있고, 멀쩡
한 사람은 연장을 찾을 수 없다고 한다. 나 같으면 철물점으로
달려가 사서라도 고칠 것 같은데 천하태평인 사람과 살다 보
니 나도 포기하고 적응해 가며 살고 있다. 봄이 올 무렵이었다
면 범인은 수돗물에 장난을 치는 도룡뇽일 것이라 짐작하겠는
데 그것도 아니고 뭘까 싶었다. 그저 감기 낫기만을 기다려 본
다. 쫄쫄 나오는 물로 밥도 하고 국도 끓이며 며칠을 지냈다.
이젠 물이 그런대로 나오는 걸 보니 요 며칠 무엇이 수도관에
걸렸다가 이제야 빠져나간 모양이다 싶었다. 오늘은 감기도
낫고 해서 지난봄에 만들어둔 백차를 셋이서 오붓이 끓여 마
시며 봄이 오기 전 할 일을 의논하였다. 결국 할 일이라는 게
모두 내 일뿐이었다. 순간 차 맛이 떫게 느껴졌는데, 두 사람
은 향도 좋고 산뜻해 정신이 맑아진다고 한다. 저녁 무렵 새로
운 사실을 알게 되었다. 수도관에 개구리가 끼어 있는데 몸통

과 다리는 남아있는데 머리 부분이 없다는 것이었다. 그러니 우리가족은 며칠간 개구리머리 육수로 밥하고 국도 끓여 먹었던 것이었다. 살다 보면 별의별 경험을 다 하겠지만 청정지역에서 살다 보니 우린 이런 경험도 다 하며 살아가고 있다.

눈도 오고 확도 얼어붙고

아무 발자국도 없는 계단

동면

대부분의 곤충들은 알로 겨울을 나고 있지만 나비와 일부 나방은 겨울잠을 잔다고 한다. 체내 글리세린 함량이 많아 잘 얼지 않는다고 한다. 물속에서는 붕어가 겨울잠을 자고 나무 위에서는 북미 쏙독새가 유일하게 겨울잠을 잔다고 한다. 평소 35도였던 체온이 겨울잠에 들면 5도까지 내려간다니 놀랍다. 우리 인간도 동면에 들 수 있는 방법이 있다고 한다. 지금 지구인이 눈독 들이는 지구와 비교적 가까운 거리에 '프록시마B'라는 작은 행성이 있다. 우주에서 사람이 살 수 있으려면 암석질 행성이어야 하고, 또한 대기층과 물이 있는 골드락스 존이 형성되어 있어야 한다. 그런데 프록시마B는 현재 태양계에서 가장 가까운 외계행성으로서 이런 조건이 갖추어져 있는 이상적인 행성으로 보고 있다. 그래서 우리는 그곳으로 가기 위해 도전하고 있다. 현재의 에너지 기술로는 가는 데 2천 년이나 걸리는 곳이지만, 레이저로 빛을 쏘아 바람개비를 이용하여 빛에너지를 운동에너지로 바꾸면 더 빨리 갈 가능성이 있다고 한다. 2천 년보다 백배나 빠른 20년이면 갈 수 있는 기술이 개발될 것이라고 보고 있다. 그렇다면 20년이라는 긴 세월을 우주선 안에서 과연 어떻게 보낼 수 있을까. 우리의 과학자들은 이러한 의문에 대해 이렇게 대답하고 있다. 그 또한 동면으로 가능할 것이라는 것이다. 황화수소를 이용하면 동면에 들 수 있고, 방사선 피해도 없어 산소만큼은 아니지만 어느 정도 역할대처가 된다고 한다. 또 우주의 무중력상태를 극복하기 위해 독일에서는 인공중력을 연구 중이다. 우주선 전체를 원심기로 만들면 해결될 것으로 보는 우리 과학자들에게 열렬한 박수를 보낸다. 앞으로는 우주가 인류의 놀이터가 될 수 있을 것으로 보인다. 이것에 대해 가끔 남편이랑 토론을 하기도 한다. 만약 탈 기회가 주어진다면 난 맛있는 음식이 가스 불 위에서 끓고 있어도 타겠다고 했다. 그러면 남편은 남아서 지구를 지켜야 한다나 뭐라나 하고 있다. 동면을 하지 않는 우리는 가끔 말도 안 되는 이야기를 나누며 겨울을 즐기고 있다.

죽어서라도
하늘을 날고 싶다

———

얼마 전 장례절차 중에 '우주장' 소식을 신문에서 읽은 적이 있다. 우주로 쏘아 올린 유골이 일정기간 동안 지구 주위를 돌다가 소멸되는 프로젝트라는 것이다. 평소에도 그런 것이 있으면 참 좋겠다는 상상을 했었는데 이젠 눈앞에 머지않아 펼쳐지게 되었다. 우주장의 비용도 다양했다. 캡슐에 넣어 우주로 날리면 싸고, 3년간 지구 주위를 돌다 소멸되면 3,000만 원 정도 든다고 한다. 그리고 달에 안착하려면 1억 정도라고 한다. 무엇을 선택하든 적금을 넣어야겠다고 하니 옆에 있던 남편도 같이 넣자고 한다. 지구에서의 고단한 삶을 끝낸 보상으로 우주선을 타고 하늘로 가도 충분히 되지 않을까 싶다. 이 사업이야말로 인간 최고의 존엄을 지켜 주는 일이 아닐까 하는 생각이 들었다. 지구에 남은 자식들도 하늘에서 부모님이 내려다보고 있다고 생각하면 함부로 나쁜 짓도 못 하고 더욱 열심히 살지 않을까 하는 생각이 들었다. 그런데 지구에 묘지가 있어야 하는 이유가 불현듯 떠올랐다. 지인 중에는 크게 부부싸움을 하고 나면 차를 타고 가까운 영락묘지를 찾아간다는 분들이 있었다. 두 사람은 어두운 밤에 나란히 묘지에 앉아 말없이 한참 시간을 보낸다고 한다. 그러다 보면 아무리 큰 문제로 싸웠어도 생각해 보면 하찮은 일이라는 생각이 든다는 것이었다. 처음엔 특이한 사람들이라 생각했으나 참으로 현명한 사람들이었다. 그 후로 나도 몹시 화가 나면, 이른 봄 보라색 작은 각시붓꽃이 피어나는 집 뒤의 무덤을 물끄러미 한동안 쳐다보곤 한다. 나 또한 그렇게 위로를 받고 있지만 죽어서라도 우주를 향해 날아 보고 싶다.

우주는 어디서부터 시작인가. 대기권에서 얼마나 떨어진 위치에서부터 우주라고 정의하는지 늘 궁금했었다. 그런데 오늘 그 궁금증을 풀어 주는 기사가 나왔다. 국제항공연맹FAI은 물리학자 시어도어 폰 카르만1881~1963이 지구 대기권과 우주를 구별하기 위해 도입한 100킬로미터를 '카르만 라인Karman line'이라 설정하고 이것을 넘어야 우주라고 정의한다고 했다. 그러나 미 과학자들은 "과거의 기록이나 경험, 이론분석을 하니 80킬로미터가 타당하다"고 보고 있다고 한다.

따뜻한 겨울

산속에서 파도타기 놀이를
누가 이해할까?

———

숲속에서 자랐기 때문에 바람소리를 들어 보면 무슨 나무에서 나는 소리인지 알 수 있다. 대나무 바람소리는 '쏴-아' 하며 소나무에서 나는 소리보다 가볍다. 솔잎은 겨울에 얼지 않게 부동액이 들어 있어 조금 무거운 소리가 나며 힘이 있게 들린다. 학교에서 돌아오는 길은 조금 무서웠다. 집이 산속에 있다 보니 그랬다. 바람이 많이 부는 겨울엔 굵은 소나무 가지들이 여기저기서 부딪치며 삐거덕거리는 소리를 낸다. 그 소리를 들으며 집으로 왔다. 무서워 추운 것도 잊고 그렇게 죽을 둥 살 둥 달려 집으로 온 기억이 있다. 나뭇가지의 마찰음이 많이 날 때 어른들은 산불이 날까 조바심을 내곤 했다.

오늘 모처럼 그때와 같은 바람이 거침없이 불어 댄다. 소나무에서 부는 바람소리가 여러 가지 있다는 걸 중학생이 되어서야 알게 되었다. 맑은소리를 내는 송운松韻이 있고, 꼭 파도소리처럼 들려오는 송도松濤가 있다고 했다. 그리고 퉁소소리와 닮은 바람소리를 송뢰松籟라고 부른다는 것이었다. 이렇게 소나무에서 부는 바람소리도 구별해 내어 삶의 멋을 찾은 우리 선조들의 감성에 놀라울 따름이다. 그때부터 난 바람이 불

소나무 장작 쌓아두고

때마다 무슨 소리를 내는지 귀담아듣고 스스로 답을 내리
곤 했다. 그때마다 느낌이 다르지만 역시 밀려오는 파도소
리가 규모도 크고 압권이다. 그땐 내 몸도 파도를 타고 있
는 느낌을 받는다. 생각해 보면 산속에서도 파도타기 놀이
를 하고 자란 셈이다. 오늘 모처럼 그 송도松濤를 들을 수
있어 좋았다. 몸과 마음을 파도에 맡긴 채 출렁이는 파도
를 타고 추억에 젖어 봤다. 만약 도시에서 자랐다면 이런
경험을 하지 못했으리라는 생각이 들었다. 시골에서 자란
사실에 대해 한없이 감사할 뿐이다. 시골에서 자랐다고 촌
뜨기라 하는 말에 기죽을 이유가 없다. 그들은 이런 경험
을 어찌 할 수 있을까.

백발을 휘날리는 마삭 씨앗

백발에 씨앗을 매단 마삭줄

지난여름이 그렇게나 더워서 그런지 올겨울은 유난히 추운 것 같다. 여름엔 보통사람들보다 땀을 흘리지 않았고 겨울도 그

럭저럭 보낼 만했다. 지금은 두 계절 다 힘들다. 알래스카인은 따뜻한 계절이 지나면 섭섭해하기보단 그동안의 관대한 날씨에 감사해하며 겨울을 맞이한다고 한다. 그들은 혹한도 당연한 삶으로 받아들인다. 살기 위해 끊임없이 주문을 거는 것이 아닌가 싶다. 오늘같이 바람 많은 날이면 티벳인들이 4000미터나 되는 높은 설산을 순례하며 죽은 자를 위해 곡물과 모자, 옷 등을 제단에 두고 기도한다고 한다. 사후에 쓸 것을 대비하는 이유로 그런 의식을 치른다고 한다. 그 모습이 떠오른다. 그들의 믿음이 무엇인지는 모르겠지만 선한 믿음으로 느껴지며 가슴이 뜨거워진다.

불경의 정신을 담은 색색의 타르쵸를 이곳저곳에 매달고 걸어 둔다. 줄에 매달린 타르쵸가 바람결에 휘날리고 있다. 이처럼 타르쵸를 걸어 두는 까닭은 불경이 온 세상에 퍼져 많은 이들을 해탈에 이르게 할 것이라는 믿음에서다. 사후세계까지도 그들의 염원이 통할 것이라는 믿음을 난 의심하고 싶지 않다. 타르쵸가 바람에 펄럭이는 소리가 생생히 들리는 듯하며 정신이 맑아진다. 야생에서 그냥 걷는 것만으로도 충분히 영적인 경험을 하는 것 같다는 생각이 든다. 바람이 매서운 정원을 일없이 둘러본다. 집 뒤 키 큰 참나무는 거의 잎이 떨어져 있다. 떨어진 잎은 바람에 이리저리 흩날리며 하늘을 날고 있다. 이때 마삭줄도 백발에 씨를 매달아 바람에 실어 하늘 높이 날려 보내고 있다.

또 한 해는 가고

또 한 해가 가고

영하의 추위만큼 공기는 맑아 천지가 또렷하게 보인다. 앞산 봉우리엔 시도 때도 없이 구름이 걸려 있는데 오늘은 구름 한 점 보이지 않고 하늘은 더 높고 깊어 보인다. 이런 날엔 하늘에 빠지면 안 될 것 같은 생각이 든다. 남편에게 귀띔이라도 해줘야 할 것만 같다. 정원엔 텃새인 직박구리와 번번이 쫓겨나는 딱새가 잎 떨군 나뭇가지에서 하나 마나 한 자리다툼을 벌이고 있다. 한 해가 끝나는 12월, 문득 주자 선생의 『권학문 勸學文』에서 "소년은 늙기 쉽고 배움은 이루기 어려우니 일 초의 시간인들 가벼이 여기지 말라. 연못가 봄풀에 꿈 깨기 전에 뜰 앞 오동잎이 가을소리를 전하도다."라고 한 말이 뇌리에 스친다. 어떤 일이 결정되면 죽이 되든 밥이 되든 당장 실천하며 살아왔다. 최선을 다하며 부지런히 살았다고 생각했는데도 막상 한 해가 저문다고 생각하니 아쉽고 섭섭한 마음을 감출 수가 없다. 이럴 땐 가까운 이웃과 함께 탁 탁 타오르는 장작소리 들어 가며 차라도 한 잔 마셔야 할 것만 같다.

영적인 힘을 가진
선과 복숭아

겨울이 되어도 떨어지지 않은 쪼그라진 열매를 발견했다. 산
복숭아나무에서 발견한 열매였다. 옛 어른들은 이것을 도경桃
景 또는 신도神桃라 부른다는 기록이『신농본초神農本草』및『명
의별록名醫別錄』에 기재되어 있다고 한다. 우리 민간에서도 약
으로 많이 사용되었다. 피를 토할 때 이 열매를 까맣게 태워
서 죽에 섞어서 복용했고 머리에 종기가 났을 때도 사용했다

눈은 비가 되어 내리고

는 기록이 있다. 복숭아나무 전체를 약재로 사용하고 있으나 사실 시골이라도 집집마다 복숭아나무가 있는 건 아니다. 집에 복숭아밭이 있다 보니 많은 사람들이 필요한 약재를 구하러 왔던 기억이 있다. 병원도 멀고 약도 구하기 어려웠던 그 시절, 개에게 물렸을 때는 복숭아나무를 물에 끓여 발랐다. 나는 어릴 적에 배가 아파 꽃잎을 끓여 마신 적은 있으나 나았는지는 기억이 없다. 그러나 아직 살아있으니 그때 나은 것임이 틀림이 없다. 복숭아씨를 말린 도인은 약효는 모르겠으나 정신이상자에게 한 주먹 갈아 끓여 복용시켰다고 한다. 이렇게 다양한 약재로 쓰였으니 민간에서는 예로부터 영적인 힘을 가진 선과로 생각했을 만도 하다. 무엇보다 가장 충격적인 것은 정신이상자는 동쪽으로 뻗은 나뭇가지로 회초리를 만들어 정신이 돌아올 때까지 때렸다는 것이다. 그 말이 수십 년이 흐른 지금도 잊혀지지 않는 기억으로 남아 있다. 하지만 여전히 복숭아는 제일 좋아하는 과일이다. 사과, 배, 자두 등은 가까이서 보나 멀리서 보나 꽃이 아름답다. 그러나 복숭아꽃은 가까이에서 보기보단 멀리서 봐야만 아름답다는 것도 알고 있다.

물질이 아닌
경험을 선택한 생활

남쪽 침실 앞에 물푸레나무가 서 있다. 눈만 뜨면 가장 먼저 보이는 나무다 보니 관심을 갖고 마주하게 된다. 봄이 왔음을 알리는 온도 장치인 옥신Auxin이 불량한 걸까. 봄이 되어도 빨리 잎을 내지 않는다. 다른 잎이 다 나온 후에야 늦게 나온다. 그러나 가을이 되면 어떤 나무보다 빨리 잎을 떨어뜨리고 겨울채비를 한다. 4월이 되면 꽃이 피기 시작한다. 새로 자란 가지 끝의 원추꽃차례에 자잘한 꽃이 피어 있는 걸 보면 수수빗자루 같은 느낌이 들기도 한다. 7월엔 열매가 생겨 갈색으로 익으며 가을준비를 한다. 물푸레나무는 가지를 꺾어 물에 담그면 녹색물이 우러나와 그런 이름이 붙여졌다는데 아직 확인을 하지 못했다. 계절에 관계없이 온갖 새들이 모여들어 휴식을 취하기도 하고 먹이활동도 한다. 새들에게 휴식처가 될 뿐 아니라 아홉산 정원에 다양한 풍광을 만들어 주기도 하는 나무다. 여름엔 시원한 그림자를 만들어 준다. 겨울엔 초롱초롱 빛나는 별을 앙상한 가지에 매달고 있는 모습이 무척 아름다워 눈물이 날 지경이다. 이런 날엔 누웠다가도 몇 번이나 일어나 밖으로 나가 하늘을 쳐다보곤 한다. 옆에 누워 있던 남편은

물푸레나무 그림자에 등을 달고

바람 들어온다고 타박을 준다. 그렇지만 저걸 못 보고 자는 사람은 바보가 아닌가라고 생각하며 무시한다. 바람 부는 겨울 밤 거실의 흰 광목 커튼에 비친 대나무 그림자가 흔들거리는 것을 볼 때마다 가슴이 출렁거리며 내가 살아 있음에 감사드린다. 이런 소소한 경험이 곧 행복일 것이라 생각한다. 많은 사람들이 이를 깨닫지 못하고 물질에서 행복을 찾으려 한 나머지 결국 좌절하고 불행을 자초한다고 생각하니 조금 안타깝다.

자작나무
짝사랑

모처럼 눈이 내리기 시작하더니 순식간에 천지를 하얗게 덮어
버렸다. 눈은 산하만 덮는 것이 아니라 소리마저 덮어 마을은
고요하다. 눈 속에서 더욱 선명해진 붉은 열매를 물고 직박구
리가 날자 남천나무는 눈을 휘날린다. 해가 나기 시작하자 눈
내리는 속도보다 녹는 속도가 더 빨라진다. 감나무를 보니 지

확에도 눈이 쌓이고

난가을 감은 떨어지고 가지에 남겨진 꼭지 위에 눈이 소복이 쌓여 있었다. 내린 눈은 차 한 잔 마시는 사이 녹아 버렸고 눈도 그쳤다. 양지바른 앞마을과 산은 거짓말처럼 눈의 흔적을 지워 버렸다. 오직 짝사랑하는 마음으로 해마다 심으나 남쪽 기후에 맞지 않아 매번 죽는 자작나무 숲이 보고 싶다. 생각만 해도 가슴 설레며 마음은 벌써 강원도 인제군 원대리 자작나무 숲속에 가 있다. 몇 년 전에 심은 자작나무가 죽어 며칠 전에 베어 장작을 만들어 두었다. 자작나무로 불을 지피면 '자작자작' 소리가 나 자작나무라는 이름이 붙였다는 말이 맞는 것 같다. 소리 내며 타는 모습을 보면 무엇 하나 바쁠 것 없다. 그리고 한가한 겨울 시골 풍경이 떠오르며 편안해진다. 좋아서 심은 나무는 결국 장작이 되어 겨울날 페치카 속에서 '자작자작' 소리를 내며 몸과 마음을 녹여 주고 있다.

나무껍질 대부분은 작용물질 베툴린betulin으로 이루어져 있어 하얗다. 흰색은 빛을 반사하여 햇볕에 의한 줄기의 화상을 막아 주며 껍질이 터지는 것을 예방해 준다고 한다. 처음 자작나무를 만난 것은 중국과 처음 수교를 맺은 그다음 해 백두산을 오르면서였다. 군락을 이루며 쭉쭉 뻗은 흰 나무에 그리 많

지 않는 연둣빛 이파리가 6월 바람에 나부끼는 모습이 어찌나
아름답던지 숨이 멎을 지경이었다. 순간 이게 뭐고! 라고 감탄
하며 그 자리에서 한참이나 발걸음을 떼지 못한 일이 있었다.
이후에 강원도에서 눈 덮인 겨울 자작나무 숲을 만났다. 이곳
이야말로 심성이 착한 사람만 들어갈 수 있는 동화의 나라가
아닐까 하는 생각이 들었다. 숲속에서 큰 키를 가진 자작나무
가 뚜벅뚜벅 걸어 나와 누구든 들어오면 착해질 수 있다며 악
수를 청할 것만 같았다. 나도 모르게 불쑥 손을 내밀던 그날의
원대리 자작나무 숲을 잊을 수가 없다. 그곳은 눈 내리는 날엔
언제나 가 보고 싶은 곳이기도 하다.

나무도 인간세상과
별반 다르지 않다

———

숲속의 나무들도 가만 관찰해 보
면 인간세상과 별반 다르지 않다
는 생각이 든다. 이웃과 경쟁하며
살아남으려고 안간힘을 쓰는 게 보
인다. 이웃의 그늘에 가리면 키를
삐죽 키우거나 가지를 휘어 햇볕
을 찾아 나서기도 한다. 그렇게 필

———

애꿎은 고라니에게 누명을 씌운 못 말리는 토끼

요한 햇볕을 받아 광합성을 하면서 살아간다. 어떤 나무는 일찌감치 경쟁에서 밀려나 고사하기도 하고, 음지환경에 적응해가며 살아남는 강한 나무도 있다.

보루네오섬 우림지역에서 자라는 라피도포라는 이웃의 나무들이 잘 자라다 보니 숲에 가려 빛을 받기 어렵다. 그러나 다른 나무를 타고 올라가 스스로 잎에 구멍을 내서 아래쪽 잎까지 햇볕이 닿을 수 있게 만들어 살아가고 있다. 대부분 잎에 구멍이 나면 치명적이다. 이러한 위험을 무릅쓰고 나름대로의 작전으로 살아남는 모습을 보면 놀랍기만 하다. 아홉산 정원 담가에도 층층나무가 있다. 햇볕을 독차지하는 무법자이나 겨울인 지금 잎을 다 떨구고 우산살처럼 앙상한 가지를 펼치고 서 있다. 그 밑엔 벽오동이 50센티미터쯤 자라 있다. 벽오동의 벽은 푸른 벽碧자를 쓰는데 이름에 맞지 않게 줄기는 하늘에 가까운 색이라기보다 녹색을 띠고 있다. 다 자라면 층층나무와 비슷하게 15미터 정도로 자란다. 가지가 우산처럼 넓게 펼쳐지는 잎 밑에서는 절대 불리하다. 그러나 나무들도 인간과 같이 선의의 경쟁을 하며 틈새작전을 펼쳐 나름 살아갈 것이다. 저기 보이는 저 벽오동처럼.

심금을 울리는
구음소리

———

국악방송에서 김수학의 굿거리장단 구음소리가 들려온다. 듣고 있자니 한국인의 심성으로 바라보는 한이라는 미의식을 음악으로 절묘하게 표현하고 있다는 생각이 들었다. 구음口音이란 입타령이다. 즉 악기에서 나오는 소리를 의성화해서 입으로 부르는 것을 말하며 그 음이 절규하듯 들린다. 역시 인간의 목소리가 어떤 악기보다 심금을 울린다는 걸 알 수 있다. 인간의 유한한 삶과 원한 등을 삭이는 양식으로 한의 감춤과 드러냄을 잘 풀어내 주고 있다. 우리는 한을 흥이나 신명으로 풀어내 예술로 승화시키기도 한다. 지난밤 세찬 바람은 세상의 근심걱정 모두 쓸어 날려 버릴 듯 요란하게 불어 댔다. 밖에선 온갖 살림살이가 바람에 굴러가는 소리로 우당탕거렸다. 가벼운 물조리가 날아가다가 어딘가에 부딪쳐 깨지는 소리가 들리더니 쓰레받기가 굴러가는 소리도 났었다. 빗자루는 굴러가다가 황매나무에 걸리는 것이 눈을 감고 있어도 훤히 알 수 있다. 나도 모르게 집중을 하고 소리를 따라가다 보니 잠은 멀리 달아나 버렸다. 강아지집도 날아갈까 은근히 걱정이 되었다. 태어나 처음 겪어

참나무를 스치는 바람소리

보는 경험이라 아마 두려워하지 않았을까. 아침에 일어나 여기저기 굴러다니던 살림을 주워 대강 정리하고서는 차 한 잔을 마시며 정원을 멍하니 바라보았다. 이때 낯선 모습이 눈에 들어왔다. 족히 20미터 정도 되는 가중나무 가지에 희고 기다란 비닐이 걸려 이리저리 바람에 휘날리고 있었다. 그 모습은 마치 흰 명주수건을 들고 바람에 몸을 맡긴 채 살풀이를 추며 한을 풀어내고 있는 것처럼 보였다.

주마간과 (走馬看過)

장자는 일찍이 "사람이 하늘과 땅 사이에 사는 것은 마치 흰 말이 달려가는 것을 문틈으로 보는 것처럼 순식간이다."라고 말했다. 한 해를 마무리하고 문득 지난날을 생각해 보니 지금까지 삶이 몇 초 안에 정리가 되는 것 같다. 어린 학창 시

처마 끝의 고드름

절, 결혼, 출산 외에는 딱히 떠오르는 것이 없다. 초등학교 시절 바다에 빠져 죽을 뻔한 일이 있었다. 그때 생각했다. 사람은 이렇게 죽는구나 하고. 무슨 인연으로 가족이라는 이름으로 만나 같이 살다가 이렇게 가는구나 하는 생각밖에 나질 않았다. 처음 허우적거릴 땐 고통스러웠으나 그런 생각을 할 땐 아무런 고통도 없었다. 물에서 겨우 빠져나와 햇살에 모래사장이 보석같이 반짝이던 그날의 풍경이 눈에 훤하다. 아직도 잊을 수가 없다. 지금도 내가 바닷가를 좋아하지 않는 이유이다. 그때 죽음을 앞두고 했던 생각이 어제 일처럼 뚜렷하다. 어린 소녀가 죽기에는 너무나 아름다운 날씨라 구조되지 않았나 싶다.

인간이 죽을 즈음이 되면 블랙홀이 만들어진다. 그때 천체가 쪼그라들면서 하나의 특이점特異點으로 압축되는 것처럼 모든 생각도 압축되어 점 하나가 될 것이라는 생각이 든다. 그런데도 우리는 하루하루 걱정을 안고 살아가며 그런 식으로 짧은 삶을 허비하고 있다. 우리 과학자들은 앞으로 50억 년 후 태양의 소멸을 예상하고 있다. 그러나 지금은 걱정할 필요가 없듯이 대부분의 걱정은 하지 않아도 되는 것이다. 살다 보면 일상의 폭력은 내 주위에서 항상 일어나고 있다. 하지만 초록이 있고, 나비가 날고, 새가 우는 정원에서 위로받을 수 있어 얼마나 다행인지 모른다.

정원에서 찾는 덕(德)

옛 우리나라 양반은 염치와 도리를 지키고 할 바를 다하면 된다고 했다. 자연도 사랑하고 풍류도 즐겼다. 대부분 정원보다는 집 안에서 바라볼 수 있는 바깥 풍경을 중시했다. 그리고 물좋고 경치 좋은 정자문화를 즐겼다. 그에 반해 영국귀족은 지智, 덕德, 용勇을 갖추어야 존경받는 귀족이라 믿었다고 한다. 서재에서 지혜를 얻고, 용기는 승마를 통해 얻고, 덕은 도덕적 이상을 실현해 나가며 얻되, 그 도덕적 이상을 정원을 통해 얻었다고 한다. 식물을 가꿈으로써 상대를 이해하고 배려하는 인품을 쌓았다고 한다. 식물을 가꾸려면 기다림이 필요하다. 내 힘으로만 뜻하는 일이 이루어지지 않는다. 주위환경도 받아들여야 하며 몸소 실천해야 한다. 세심한 관찰이 필요하며 모든 것이 때가 있다는 걸 알게 된다. 그런 걸 통해 인격적 능력과 공정함을 길러 품위 있는 귀족이 된다는 것이다.

옛날 영국은 이탈리아나 프랑스처럼 정원이 그리 발달하지 않았다. 그래서 처음엔 그들의 정원문화를 본받았다고 한다. 튜더왕조의 햄프턴코트궁 정원만 해도 프랑스 정원과 닮았었다. 그러나 작가 알렉산더 포프가 정형화된 아름다움을 비판

하고 나섰다. 그것이 사회적으로 큰 공감을 얻게 되었다. 그렇게 해서 지금의 풍경식 정원을 화가 윌리엄 켄트가 디자인을 해 자연스러운 정원이 만들어지게 되었다. 물론 아름다운 정원 디자인도 중요하지만 생활의 정원으로 거듭난 것이 삶의 큰 원동력이 되었다. 가꾸는 즐거움에서 삶의 행복을 찾으면 보는 것 이상으로 충만한 삶을 경험할 수 있는 곳이 정원이다. 우리에게 부족한 덕德을 정원에서 키워 보면 어떨까 하는 생각을 해 본다.

눈 내린 날의 연못 풍경

동백꽃 필 무렵이면

동백冬栢은 겨울 잣나무라는 뜻이며 속명은 카멜리아다. 체코 서부 보헤미아 출신의 선교사이자 약제사였던 게오르그 요셉 카멜의 이름을 따 스웨덴 식물학자 린네가 붙였다고 한다. 그는 필리핀의 열대오지를 찾아다니며 온갖 독충이 들끓는 열악한 환경에서 선교활동을 하면서 식물연구를 하다 그곳에서 숨을 거두었다고 한다. 그를 기리기 위해 동양에서 가장 아름답다고 생각한 동백꽃에 그의 이름을 붙였다는 슬프고도 아름다운 사연이 있다. 남녘 땅 제주에서 애기동백 소식이 전해지고 있으나 아직 이곳은 꽃소식이 없다. 동백 하면 어릴 적 어머니 생각이 난다. 새벽마다 참빗으로 가지런히 머리를 빗어 쪽을 지곤 하셨다. 쪽진 가르마는 단정하다 못해 날이 선 칼날 같았다. 동백기름 바른 까만 머리카락은 반짝반짝 빛났다. 흐트러짐 한 올 없는 정갈함이라면 그 누구도 감히 비교할 수 없었다. 그런 정갈함이 좋았다. 나도 어른이 되면 저렇게 해야지 했었는데 세상이 파마머리로 바꾸고 말았다. 이곳에 이사 온 후로도 동백기름과의 인연이 이어졌다. 오래전부터 동백기름을 팔러 대구에서 부산까지 기차 타고, 마을버스를 타고 여기

동백꽃 필 무렵

까지 오시는 방물장수 할머니가 있었다. 딱히 필요가 없어도
몇 병씩 사서 나무벤치에도 바르고 이웃 할머니에게도 선물을
하며 항상 이용을 했다. 요즘엔 오시지 않으니 궁금해지기도
하며 보고 싶기도 한다. 혼자 힘으로 키운 아들이 지금 고등학
교 역사 선생님이 되었다고 자랑하시던 말이 동백꽃 필 무렵
이면 자꾸 떠오른다.

박하차라도
마셔야지

요즘 사회 전반에 대해 생각해 보면 도대체 정의란 무엇인가
싶다. 일찍이 철학자 트라시마쿠스Thrasymachus, BC457-400도 법
은 거미줄과 같아 약한 곤충은 걸려들지만 큰 동물에게는 있으
나 마나 하다고 했다. 그러면서 정의란 '강자의 이익'이라 규정

했다. 공평해야 할 법도 고무줄처럼 늘어나고 줄어들고를 반복하며 권력의 의지대로 되는 것 같아 슬프다. 정의롭지 못한 세상에서 살아남으려면 강해질 수밖에 없는 현실이 참담하다. 얼마 전 이곳 정원을 찾은 가족 중에 유치원 아이가 있어 꿈이 무엇이냐고 물어보았다. 아이는 '살아남아 오래 사는 것'이라 대답했다. 생각지도 못한 대답에 한동안 말문이 막혔다. 곁에 있던 부모도 의외라 생각했는지 어이없는 표정을 지었다. 저 어린아이까지 생존의식을 다잡게 만드는 세상에 살고 있구나, 아이마저도 이토록 경쟁의식을 갖고 있구나 싶어 놀랐다. 오후 내내 그 말이 머릿속에서 지워지지 않아 정원으로 나가봤다. 바빠서 그대로 둔 박하 줄기가 잎은 떨어졌으나 남아 있었다. 줄기를 한 줌 잘라 와 주전자에 넣고 푹 끓여 차로 마셔보았다. 잎이 있을 때만큼은 아니지만 그런대로 입안에 청량감이 확 퍼진다. 정신도 점점 맑아 오며 그 아이의 말을 상기시켜 본다. 그 아이처럼 그래! 살아남아야 한다는 말을 되뇌어 보았다.

살아간다는 것

정원에 새털이 여기저기 흩어져 있을 때마다 들고양이가 그랬구나 하고 생각했다. 오늘 나는 매가 새를 잡아채다가 사람의 인기척에 놀라 놓치고 날아가는 장면을 목격했다. 잡혔던 새도 퍼덕거리며 도망을 갔으나 살 것처럼 보이지는 않았다. 지난여름 정원을 돌며 운동을 하다 겪은 일이다. 지금도 도무지 알 수 없는 일이 있었다. 분명 조금 전만 해도 없었는데 제법 큰 뱀 한 마리가 길바닥에서 꿈틀거리며 도망을 가지 못하고 있었다. 가만히 보니 한쪽 눈에서 피가 흐르고 있었다. 어딘가에 찍힌 모양이었다. 추측건대 새가 눈을 찍어 물고 날아가던 도중 뱀의 무게를 이기지 못하고 떨어뜨렸을 것이라고 생각되었다. 그 전에도 배가 노란 민물장어가 연못 밖으로 나와 있었다. 언뜻 보니 몸에 큰 상처도 보이지 않았는데 죽어 있었다. 이곳 작은 연못에 이렇게 큰 장어가 살 리 만무했다. 지금

이 겨울에도 고치는

도 풀리지 않는 수수께끼로 남아 있다. 자주 오는 왜가리가 아닐까 하는 의심은 들지만 단정할 수는 없었다. 직접 보지 않았으니 확신할 순 없다. 다만 주변의 정황이 그러하니 아마도 그럴 것이라고 생각한다. 이러한 추측도 위험한 것 같다는 생각이 오늘에서야 문득 들었다.

숲은 세상으로부터 걱정을 잊게 해 준다고들 하지만 숲의 삶 역시 치열하다. 자벌레들은 잔가지처럼 나무에 붙어 새들로부터 몸을 보호하기도 하고 일개미들은 여왕개미의 여왕물질 페로몬에 의해 생식기능을 발휘할 수 없도록 통제되고 일만 하다가 생을 마친다. 인생은 멀리서 보면 희극이고 가까이서 보면 비극이라 했다. 숲 또한 멀리서 보면 평화롭고 가까이서 보면 전쟁터인 것 같다.

나의 생각

근대 철학자 스피노자Baruch de Spinoza, 1632-1677는 자기 자신만
이 자기 자신의 존재 원인이 되는 존재를 뜻하는 실체개념으
로 '신이란 곧 자연'이라고 말했다. 여기서 말하는 자연이란 우
리가 흔히 생각하는 식물, 들, 산, 강 이런 개념이 아니라 그 이
상을 이야기하고 있다. 물론 보통 생각하는 그런 자연도 포함
하고 있다고 한다. 신이란 인간에게 절대적인 존재이니 신에
게 의지하는 삶은 충만한 삶이 될 것이다. 그렇다면 이렇게 자
연에 푹 빠져 사는 것 또한 신의 품속에서의 삶이 아닐까 하는
생각을 해 본다. 신의 질서가 곧 자연의 질서며 이 안에서 우
리 스스로 사랑할수록 무한한 행복에 이르지 않을까 싶다. 이

무한한 자연을 지성을 통해 관찰하고 느낄 수 있는 것이 사랑이 아닐까. 그리고 셸링Schelling, 1775~1854은 '자연은 눈에 보이는 정신이고 정신은 눈에 보이지 않는 자연'이라 했다. 이 둘은 근본적으로 하나이며 같다고 보았다. 자연을 영혼을 가지고 있는 살아있는 유기체로 보고 인간의 정신도 그 속에 있다고 봤다. 그리고 자연을 생명과 영혼으로 해석하고 있다. 자연의 살아 있는 유기체 속에서의 삶 또한 죽음과 경계가 없다는 생각이 든다.

전원으로 들어가

———
고향생각 엄마생각

남편이 즐겨 읊조리는 '귀거래사'는 도연명이 벼슬을 그만두고 전원으로 들어가 지은 글이다. 세상과 나는 인연을 끊었으니 다시 벼슬길에 올라 무엇을 구하리랴 했지만 그 역시 현실에서 꿈을 이루지 못해 떠난다는 내용이다. 세상에는 꿈을 이루기 위해 자연으로 떠나는 사람도 있고, 꿈을 이루지 못해 다시 떠나는 사람도 있다. 자연을 여차하면 갈 수 있는 마지막 카드로 남겨 두고 사는 사람이 많은 것 같다. 많은 사람들이 야생의 숲에서 오두막을 지어 놓고 하늘을 벗 삼아 살아 보고 싶은 로망을 갖고 있다. 그러나 현실은 녹록하지만은 않다. 부양가족이 있다면 떠나고 싶어도 머물 수밖에 없는 현실에 참담해지기도 한다. 모처럼 용기를 내어 전원으로 들어가 생활해 보면 또 생각한 것과 다르다. 흙은 사람을 속이는 일이 없다고 하나 시골에서의 삶은 흙에도 속고 사람에게도 속았다는 생각이 들 때가 많다. 흙이든 사람에게든 욕심을 내려놓지 않으면 힘들다. 아니 욕심이라는 말 자체를 잊고 모든 것을 내려놓으면 삶이 행복해질 수 있다고 하겠다. 그러나 과연 도연명이 말하듯이 날마다 동산을 거닐며, 때론 머리를 들어 먼 하늘을 쳐다보며 금(琴)을 타고 책을 읽으며 시름을 달래고, 또 농부가 나에게 봄이 왔다고 알려 주면 서쪽 밭으로 가 밭을 갈리라 한 것처럼 전원이 영원한 안식처가 될 수 있겠는가, 이렇게 묻지 않을 수 없다.

알 수 없는 이 기분

도란도란 겨울 이야기

산촌에 밤이 오니 적막하기 짝이 없다. 멀리서 개 짖는 소리 들려온다. 이 야밤에 어느 집에 손님이 왔나 아니면 들짐승이라도 보고 짖나 싶다. 생각은 그림을 그리기 시작한다. 간헐적으로 들려오는 개 짖는 소리에 결국 잠자리에서 일어나고 말았다. 창가에 서서 마을을 내려다보았다. 깜깜해야 할 산촌은 이제 가로등 불빛으로 환하다. 그 밑으로 차 한 대가 달린다. 무슨 사연이 있을까 하는 생각도 해 본다. 집들은 불이 꺼져 모두 잠든 것 같은데 저 개랑 나만 잠 못 이루고 있는 것 같다. 문득 19세기 인물로 추정되는 기생 천금千錦이 쓴 시 한 편이 떠올랐다.

산촌山村에 밤이 드니 먼데 개 짖어 온다.
시비를 열고 보니 하늘이 차고 달이로다!
저 개야 공산空山 잠든 달 짖어 무삼하리오?

천금千錦, '산촌에 밤이 드니'

이런 시를 떠오르게 하는 시골생활을 덤으로 사는 것 같아 감사할 뿐이다. 잠 못 이루는 이 밤도 왠지 가슴이 아려 오고 삶의 희열이 잡힐 듯 말 듯한 이 기분은 도대체 무엇일까? 라는 생각이 들었다.

그저
헛웃음만 나올 뿐

———

1684년(숙종10년) 삼도유수와 이조참판을 지낸 지호 이선芝湖李
選 공이 숙종5년의 기사환국으로 이곳에 유배를 왔다. 마을 초
입에는 귀양살이의 근심을 달랠 수 있었던 수리정愁離亭이 마
을을 지키고 있다. 언제 심었는지 모르는 고목인 이팝나무는
봄이 되면 하얀 꽃을 피워 정자의 운치를 더해 주고 있다. 공
은 4년간1689~1692의 이곳 유배 생활 중 정철의 송강가사 가운
데 흩어진 것을 간추려 『송강가사 이선본』을 남겼다. 시호가
문청文淸인 송강 정철鄭澈 1536~1593은 고산孤山윤선도, 노계蘆溪
박인로와 함께 조선조 3대 국문학 작가로 불린다. 『송강집』과
『송강가사』가 유명하다. 그가 지은 시조 중에 '마을 사람들아'
가 문득 떠오른다.

마을사람들아 옳은 일 하자스라.
사람이 되어 나서 옳지 곧 못하면,
마소에 갓, 고깔 씌워 밥 먹이나 다르랴?

송강 정철鄭澈, '마을 사람들아'

저 눈 속에 수리정(愁離亭)이

이는 세상에 악을 행하고도 그것이 악인 줄을 모르고 자신의
능력으로 생각하는 이들이 있음을 얘기하고 있다. 그리고 전
혀 부끄러워할 줄 모르는 후안무치厚顔無恥한 인간이 있음을
한탄하는 글이다. 순박하고도 평화롭게 도우며 오손도손 살았
을 것 같은 그 옛날에도 사람 사는 모습은 지금과 별반 다르지
않았나 싶어 그저 헛웃음이 나올 뿐이다.

그리고 또 봄

옥잠화가 만들어 준 꽃길

epilogue

나에게 정원은 생활의 터전이자 삶의 철학을 실천하는 장이다. 멋지게 가꾸어진 정원을 즐기기보다 직접 가꾸는 즐거움을 좋아한다. 정원 일이 그리 호락호락하지만은 않다. 하지만 가꾸어 가는 기쁨은 그 이상이며 무엇과도 바꿀 수 없는 일이다. 정원과 함께하는 삶이 더할 나위 없이 만족스럽다. 그러나 그것이 성공한 삶인지 아닌지는 모르겠다. 하지만 나는 삶의 목표를 성공이 아닌 행복에 두고 있으니 문제가 되지 않는다. 건강한 삶이란 보이고자 하는 성과가 아니라 자기가 하고자 하는 그 자체를 즐기는 것이다. 그것이 더욱 중요하지 않을까? 정원에 들어서는 순간 온갖 잡다한 생각도 초록빛으로 바뀌며 내면은 고요해진다. 사진으로 보면 제법 규모가 크다고 생각할 수 있으나 실제로는 소박하기 그지없다. 조그마한 규모라 혼자 힘으로 가꿀 만하다. 내 손으로 직접 만든 아름다움이 가장 아름답다는 착각에 빠져 세월 가는 줄도 모르고 살아가고 있다. 막 새싹이 움트는 봄도 설레고, 모든 걸 품어 줄 것 같은 녹음 우거진 여름정원도 더할 나위 없이 좋다. 가을엔 귀뚜라미 소리에도 아직 가슴앓이하는 내 감성을 느낄 수 있어 좋다. 바람 없어도 낙엽은 쌓이고 가슴속까지 서늘한 기운이 들기도 한다. 그럴 땐 불쑥 그리운 사람이 찾아올 것만 같아 정갈한 찻자리를 준비해 두는 기다림 또한 좋다. 미련 없이 모든 걸 떨쳐버린 텅 빈 겨울정원에서 나는 누군가로 하여금 보고 싶고 그리운 사람이 될까 하며 내 삶을 뒤돌아보게 된다. 고요한 겨울밤 또한 형언할 수 없을 만큼 편안함으로 다가온다.

헨리 데이비드 소로의 말처럼 삶은 소중하므로 천박하지 않으려면 간소하게 살라는 말을 실천하며 살아가고 있다. 사는 것은 곧 수행이라고도 한다. 난 정원이라는 멋진 도반을 만나 늘 위로받으며 외롭지 않게 살고 있다. 그렇게 하기 위해서는 남과 경쟁하는 삶을 살지 말아야 한다고 생각한다. 남이야 팥으로 메주를 쑤든 말든 나만의 색깔을 입히는 삶이 좋은 것 같다. 30년 동안 자연 속에서 살다 보니 무엇이 되든 행복은 결코 복잡하지 않고 단순하다는 걸 알게 되었다. 정원에서 나만의 색깔과 행복을 찾는 작은 이야기를 공유하게 된 모든 인연에게 감사할 뿐이다. 책과 함께하는 순간 아홉산 정원은 이미 여러분의 정원이다. 자유롭게 정원 속으로 들어가 즐기면 될 것이다. 그 순간만이라도 마음이 초록빛으로 물들어 고요해졌으면 좋겠다는 생각을 해 본다. 소박한 삶이지만 정원을 가꾸며 이렇게 가까운 곳에서 행복을 찾길 좋아한다. 이런 것이 곧 행복이 아닐까?

작품에 대하여

전작『그대로 정원』에 이어『아홉산 정원』이 출판된 지 벌써 2년
이 지나 그 뒷이야기가 무척 기대되었는데 실망시키지 않고 이
번에 다시금『삶의 예술 아홉산 정원』을 출판하게 되었다니 마
음 깊이 찬사를 보낸다. 전작과 마찬가지로 이 작품도 책을 펼
치는 순간 너무 빨리 다 읽어버릴까 봐 조바심을 내게 되어 되
도록 천천히 읽도록 노력을 했다. 이는 어렸을 때 아버지를 따
라 읍내 장터에 가 과자 한 봉투를 얻어 들고는 과자 하나 먹
고는 몇 개 남았는지 세어 보고 또 하나 먹고 세어 보며 줄어
드는 과자에 조바심이 나 되도록 천천히 먹도록 노력한 추억
을 떠올리게 한다. 천천히 읽기 위하여 소리를 내어 읽기도 하
고 게재된 아름다운 정원 사진을 보고 바람소리와 풀벌레 소
리를 느끼면서 아쉬운 듯 책장을 넘겼다. 또 이 작품을 보면
정호승의 시 '결혼에 대하여'가 떠오른다. 그는 '봄날 들녘에
나가 쑥과 냉이를 캐어 본 추억이 있는 사람과 결혼하라. 가끔
나무를 껴안고 나무가 되는 사람과 결혼하라. 나뭇가지들이
밤마다 별들을 향해 뻗어 나간다는 사실을 아는 사람과 결혼
하라'고 읊었다. 시인이 마치 저자를 옆에 두고 시를 짓지 않았
나 하는 생각이 들었다. 저자는 이를 먼 옛날의 추억에 그치지

않고 현재 진행형으로 지금도 실천하고 있으며 아마 미래에도 변함없이 실천하고 있으리라는 생각이 든다. 봄날에는 쑥과 냉이 등 온갖 나물을 캐고 오늘도 꽃을 가꾸고 내일도 나무를 돌보며 때로는 꽃이 되고 나무가 되고 새가 되기도 한다. 밤에는 정원에서 별을 헤며 우주의 크기를 가늠하고 삶의 의미를 생각하고 있는 듯하다. 식물의 상태나 빛의 움직임과 바람도 그냥 예사롭게 보지 않고 매 순간 느끼며 계절의 흐름을 놓치지 않고 있다. 동물과 식물, 균류가 공생하며 복잡하게 얽혀 살아가는 모습에서 현실을 인지하고 살아가고 있다. 우주의 질서는 곧 생명의 순환으로 보고 있고 우연에 따라 시시각각 변하는 시절의 인연을 얘기하기도 한다. 『법구경』에서 시간이란 누구에게나 똑같이 부여되는 것이라는 글이 있다. 그러나 저자는 때론 시간을 거슬러 과거로의 여행을 즐기기도 하고 살아 보지 않은 미래를 그리워하는 모습도 보인다. 그걸 보면 지나간 시간도 내 시간으로 만드는 재주가 있고 또 우리의 후손이 살아갈 먼 미래도 보는 안목이 있어 보인다. 일찍이 동파의 적벽부赤壁賦 중 '청풍명월은 아무리 취取하여도 금하는 이가 없고, 아무리 써도 다함이 없으니, 이 아름다운 대자연이야

말로 우리가 함께 누릴 수 있는 무진장한 즐거움이다'라는 말
이 있다. 저자는 이를 잘 알고 있고 또 실천하고 있는 듯하다.
이와 같이 저자는 정원 가꾸기를 통하여 장자 내편 소요유逍遙
遊에서 보이는 가벼운 의미로 시작하여 중요한 의미에 이르는
모든 경지의 유遊를 자신이 거하는 작은 우주 녹유당綠遊堂에
서 보여줌으로써 각박한 우리의 삶을 예술로 승화시키는 작업
을 하고 있다는 생각이 든다. 이웃과 지인으로부터 '한국의 타
샤 튜더'라고도 불리는 저자는 대자연의 아름다움과 유遊의 경
지를 혼자 느끼며 간직하기에 가슴 벅차 하고 있는 듯해 보인
다. 그래서 이 소소하지만 알찬 즐거움을 여러분들과 함께하
기 위하여 110여 편의 계절 이야기와 생명이 담긴 120여 장의
정원 사진을 『삶의 예술 아홉산 정원』에 담아서 이야기하고
있다. 오늘을 바쁘게 살아가야만 하는 우리들에게 이 책은 작
은 위안이 되리라 본다.

장영준 (부산대학교 명예교수, 공학박사)

현대인들이 삭막한 마음을 적시는 아홉산 정원 이야기,
저마다 간직한 마음의 정원에도
기쁨과 여유가 깃들 수 있기를 기원합니다

권선복
도서출판 행복에너지 대표이사

오늘날 현대인들은 자신의 옆을 돌아볼 여유조차 없습니다. 아마도 경쟁사회에 사는 대부분의 사람들이 그렇겠지요. 누구보다 빠를 것을 요구하는 오늘날 어쩌면 주변을 둘러보는 여유를 갖는 일은 사치처럼 느껴질지도 모릅니다. 회색빛 도시에서 하루하루 반복되는 일상에 치여 살다 보면 어느새 마음마저도 삭막해지곤 합니다. 그러다 어느 날 문득 발견한 이름 모를 꽃 한 송이에 입가에 미소가 번지곤 합니다. 그동안 잊고 살던 여유를 새삼 발견한 느낌이지요.

이 책 『삶의 예술, 아홉산 정원』을 쓴 김미희 저자는 자연이 주는 여유가 뭔지 알고 계신 분입니다. 금정산 고당봉이 한눈에 보이는 아홉산 기슭에서 아홉 개의 작은 정원을 돌보며 지내는 저자의 경이로운 하루하루를 아름다운 사진과 함께 엮었습니다. 언뜻 보기엔 평범해 보이지만 가만히 들여다보면 자연의 존귀함을 누구보다 잘 알고 있는 저자의 깊은 성찰이 느껴지는 이야기들입니다. 그 이야기에 귀 기울이고 있노라면 매연과 먼지에 오염된 마음 한구석이 맑은 공기에 씻겨 내려가듯 정화되는 것을 느낄 수 있을 것입니다.

도시의 문명화로 인해 우리는 어쩌면 인간 본연의 모습을 망각한 채 살아가고 있는 것은 아닐까요? 무소유를 얘기한 법정스님은 이렇게 말하셨습니다. 단순과 간소함 속에서 삶의 기쁨을 찾아야 한다고 말입니다. 이끼를 통해 우주 저 편의 암흑물질에 대해 사유하는 저자의 모습에서 '풀꽃 한 송이, 벌레 한 마리에도 세계가 있다'는 선인들의 깨우침을 보게 됩니다. 아홉산 정원의 곳곳에도 저자님이 심어놓은 평안과 행복이 보물처럼 자라나고 있겠지요. 이 책을 다 읽고 난 독자 분들도 저마다의 마음에 행복의 정원을 가꾸어 보는 것은 어떨까요? 여러분들의 정원에도 환한 햇살이 비춰들기를 기원합니다.

'행복에너지'의 해피 대한민국 프로젝트!
〈모교 책 보내기 운동〉

대한민국의 뿌리, 대한민국의 미래 **청소년·청년**들에게 **책**을 보내주세요.

많은 학교의 도서관이 가난해지고 있습니다. 그만큼 많은 학생들의 마음 또한 가난해지고 있습니다. 학교 도서관에는 색이 바래고 찢어진 책들이 나뒹굽니다. 더럽고 먼지만 앉은 책을 과연 누가 읽고 싶어 할까요? 게임과 스마트폰에 중독된 초·중고생들. 입시의 문턱 앞에서 문제집에만 매달리는 고등학생들. 험난한 취업 준비에 책 읽을 시간조차 없는 대학생들. 아무런 꿈도 없이 정해진 길을 따라서만 가는 젊은이들이 과연 대한민국을 이끌 수 있을까요?

한 권의 책은 한 사람의 인생을 바꾸는 힘을 가지고 있습니다. 한 사람의 인생이 바뀌면 한 나라의 국운이 바뀝니다. **저희 행복에너지에서는 베스트셀러와 각종 기관에서 우수도서로 선정된 도서를 중심으로 〈모교 책 보내기 운동〉을 펼치고 있습니다.** 대한민국의 미래, 젊은이들에게 좋은 책을 보내주십시오. 독자 여러분의 자랑스러운 모교에 보내진 한 권의 책은 더 크게 성장할 대한민국의 발판이 될 것입니다.

도서출판 행복에너지를 성원해주시는 독자 여러분의 많은 관심과 참여 부탁드리겠습니다.

_{도서}_{출판} **행복에너지** 임직원 일동

Happy Energy books

좋은 원고나 출판 기획이 있으신 분은 언제든지 **행복에너지**의 문을 두드려 주시기 바랍니다.
ksbdata@hanmail.net www.happybook.or.kr 단체구입문의 ☎ 010-3267-6277

도서출판 **행복에너지**

하루 5분, 나를 바꾸는 긍정훈련
행복에너지

'긍정훈련' 당신의 삶을 행복으로 인도할 최고의, 최후의 '멘토'

'행복에너지
권선복 대표이사'가 전하는
행복과 긍정의 에너지,
그 삶의 이야기!

인터파크
자기계발 분야 주간
베스트 1위

권선복 지음 | 15,000원

권선복

도서출판 행복에너지 대표
영상고등학교 운영위원장
대통령직속 지역발전위원회
문화복지 전문위원
새마을문고 서울시 강서구 회장
전) 팔팔컴퓨터 전산학원장
전) 강서구의회(도시건설위원장)
아주대학교 공공정책대학원 졸업
충남 논산 출생

책 『하루 5분, 나를 바꾸는 긍정훈련 - 행복에너지』는 '긍정훈련' 과정을 통해 삶을 업그레이드하고 행복을 찾아 나설 것을 독자에게 독려한다.

긍정훈련 과정은 [예행연습] [워밍업] [실전] [강화] [숨고르기] [마무리] 등 총 6단계로 나뉘어 각 단계별 사례를 바탕으로 독자 스스로가 느끼고 배운 것을 직접 실천할 수 있게 하는 데 그 목적을 두고 있다.

그동안 우리가 숱하게 '긍정하는 방법'에 대해 배워왔으면서도 정작 삶에 적용시키지 못했던 것은, 머리로만 이해하고 실천으로는 옮기지 않았기 때문이다. 이제 삶을 행복하고 아름답게 가꿀 긍정과의 여정, 그 시작을 책과 함께해 보자.

『하루 5분, 나를 바꾸는 긍정훈련 - 행복에너지』

"좋은 책을 만들어드립니다"
저자의 의도 최대한 반영!
전문 인력의 축적된 노하우를
통한 제작!
다양한 마케팅 및 광고 지원!

최초 기획부터 출간에 이르기까지, 보도 자료 배포부터 판매 유통까지! 확실히 책임져 드리고 있습니다. 좋은 원고나 기획이 있으신 분, 블로그나 카페에 좋은 글이 있는 분들은 언제든지 도서출판 행복에너지의 문을 두드려 주십시오! 좋은 책을 만들어 드리겠습니다.

| 출간도서종류 |
시·수필·소설·자기계발·
일반실용서·인문교양서·평전·칼럼·
여행기·회고록·교본·경제·경영 출판

도서출판 **행복에너지**
www.happybook.or.kr
☎ 010-3267-6277
e-mail. ksbdata@daum.net